刘景侠 著

East, South, West, and North Winds.

东南西北风

济南出版社

图书在版编目（CIP）数据

东南西北风 / 刘景侠著 . -- 济南 ：济南出版社 ，2025. 7. -- ISBN 978-7-5488-7357-0

Ⅰ . I217.2

中国国家版本馆 CIP 数据核字第 2025MA6926 号

东南西北风

DONG NAN XI BEI FENG

刘景侠 著

出 版 人 谢金岭
责任编辑 刘召燕　李文展
装帧设计 纪宪丰

出版发行 济南出版社
地　　址 山东省济南市二环南路 1 号（250002）
总 编 室 0531-86131715
印　　刷 济南新先锋彩印有限公司
版　　次 2025 年 7 月第 1 版
印　　次 2025 年 7 月第 1 次印刷
开　　本 160mm×230mm 16 开
印　　张 26
字　　数 304 千字
书　　号 ISBN 978-7-5488-7357-0
定　　价 59.80 元

如有印装质量问题 请与出版社出版部联系调换
电话：0531-86131736

写在前面

读书,教书,写书,作为一种,不,作为唯一的生活方式,涉及一种共同的理想:读万卷书,走万里路。既为自己减少“寡闻”,也为我的学生们“读万卷书,走万里路”助力,去爬巍峨的大山,去看浩瀚的大海,去体验荒远的大漠,去穿行神秘的森林……把风景,把心情,把对人生的品味尽可能按照存在的状貌真实真诚地记录在《东南西北风》里。它是脚下的痕迹,也是心里的图画。

致谢济南出版社的厚爱,于2025年7月出版《东南西北风》,这不但多一种方式留下跋涉的记忆,也为我的学生们走万里路助力。

目录

东南西北风

上光明顶

约在18日12点10分，我站在黄山迎客松下，又一次体验了乘坐索道的惬意。

黄山，十年前我来过一次，下山时，翡翠谷的流水洗去了上山时的辛苦。

爬山是愿望的挑衅和好奇心的怂恿。世上很多事大概都是这样，有好多次，我对自己说。

黄山上的迎客松对我不陌生，我对迎客松也有说不出的眷恋、说不出的钦佩，似乎，我洞悉过它们在岩缝里笃笃寻求的路径。今天，与它们谋面有种说不出的感觉。

还是离开了迎客松。

上下台阶折转了几番，停下脚步深呼吸，我听到拄杖与石阶相碰的笃笃声，好像从迎客松那边刮过来的风声。我并没有刻意地鼓励自己，只是望着西侧峰两峰沟壑之间如挂上去的一串人出神……

不用说，石阶很陡，陡峭如天梯，攀爬的人形小得像玩具。望着爬到山豁口处的一个人，我知道，他的前面就是山峰的顶部了！

光明顶吗？

光明顶了！

这是我这一次爬黄山要到的地方。是的，我要到的地方！

兴奋？谈不上！

畏葸之心？也谈不上！

走吧，爬吧，要到那个地方去，去爬那个天梯。

心理、语言，在上一截下一截的时候、在喘着粗气的时候早已忘记了，也根本不存在什么心理，只是觉得膝盖有些僵硬，只是觉得很累，觉得那挂上去的天梯还在远处，而远处攀爬的人早已换了新一拨。他们听不到我的气喘吁吁，我也听不到他们的任何言语。爬山是用不到言语的。

刚才，明明凿空两峰挂上去的天梯就在那，就在不远处！

其实，还远着呢！一阶一阶，一截一截，一峰一峰……

下午 2 点多一点的时候，我站在天梯之上了。哦，不必仰望，不可仰望，血压不要上升，腿不要打战，尤其不要生出刹那间虚化的念头，失去信念比失去体能更可怕……

前面的台阶上又响起拄杖的笃笃声。我低下头，实实在在地低下头，自自然然地低下头，眼睛只盯着脚下的台阶。一级，两级，三级，心里数到十，停下，深呼吸十次，再数十个台阶，根本不去抬头，不去远望。爬山不用抬头，不用远望，这山望那山高是爬不上山的。爬高山只能一个台阶一个台阶地爬，只要心中知道爬到哪里就行。

二十个台阶一歇，十个台阶一喘，八个、六个，乃至三个，迈腿的速率越来越缓，只是有一点没变：前一只脚迈上去，踩实，后那边是炊烟，那边有村舍乡居吗？我向空中寥寥的晨星寻问。

太阳出来了！

太阳在黄山光明顶露面了！

它不需要千呼万唤，就把光向四处喷薄。

落日楼头

匆匆赶到黄河楼，登得十六层，轻倚栏杆，望着河上沙洲。

当我转过檐头时，见黄河水从西北方向流过来，转个弯，过沙洲，便沉下去了。不知黄河水为何一下子温和宁静下来，绕着沙洲堆叠的纹路徜徉而去。沙洲上的丘陵一般的绿树好像没感知到终日不停的身边过客的身影。

河水打个漩，下去上来，闪出白色的坑痕，又悠然沉着向前。此时，此刻，黄河沉静地迎接夕阳。默默地听着游人的笑声从十六层的黄河楼上传递过来，我想，长河是落日的背景？落日是长河的背景？非也，同寓于宇宙间，自然万物怎么可能互为背景呢？

我的意识成了一座模糊的花园，我知道此刻我并没有走出父亲的书房，不配多想没必要的深奥的问题。我倚住栏杆，微闭双眼。此时，此刻，只觉得长河、落日都很温暖。

落日毛茸茸的光照处，是缓缓流淌的黄河。在兰州，黄河穿城而过，把带有诗、带有画的宇宙信息一路抛洒。

青山向前，远山默默，想来丹霞地貌依然变幻着肌理的颜色。

本来，不为看落日而登黄河楼，却守楼头看落日，不是情怀，不是文意。有时，人的意识也如一种自然情态随山就势，不必刻意吧！

太阳在下落。

突然，什么建筑物顶部腾起青烟，像长颈鹿的脖子，和落日一起顺势投视黄河。黄河依然流淌，霞光慢慢移去，落日镶了一圈光晕，枕一枕山脊，轻轻地落幕。我见它深情地和我告别！很快，不到一分钟，落日沉下去了，连那青色的晕也被橘黄色霞云稀释了。

我无法想到，这就是落日了。

雅丹魔鬼城见日落

中国甘肃，河西走廊，阳关西北，玉门关……千里戈壁，万里死寂。

黑金子一般的细沙就像柔黄细肤女子的面膜，让你无法想到“寸草不生”“不毛之地”这些词汇。尽管这一片旷野渺无人烟，一派死寂。从这里再走出几十公里，便步入死亡之海——罗布泊。

只是我没有想到，这里给了我宁静，给了我安详，给了我孩童般的快乐。

这里无害吗?

大巴车顺着开发的公路驶进了雅丹魔鬼城。一路见到形状各异、大小不等的似人似动物的风蚀地貌，这一尊那一尊，这一群那一群，它们竟然拥有了自己的部落。

为了保护这一个个坚硬的土丘，旅游管理部门设置了围栏。有距离的相望，反而增加了雅丹的诱惑力和游人的认知欲。我突然觉得在这戈壁滩上我遇见了自己。在部落群之外，散乱的“雅丹”没有被封圈起来，每个分隔层都很硬，那是溶解、侵蚀、风化的结果。我茫然地望一望，回过头来，见不远处有不到一米高的白沙堆，我向它走去。沙堆上面冒出稀疏的几棵梭梭。我自然地倚住沙堆，卧下去。还好，我的布绸上衣面滑不沾土，我毫无顾忌地侧卧下去，伸出手去，扯住一棵梭梭的细枝。那么细的枝，却那么硬，灰绿色的叶簇之间的刺儿刺痛了我。

我熟睡一般完全躺下去，和沙子亲近在一起。我知道，我不可能睡下去，但是，很解乏，很温暖。夜里，风卷沙石摩擦的哨音像魔鬼撕扯发出的吼叫。如果可以的话，我在这鬼城里住一夜或几夜，感知一下黑金子一般沙石的嘶喊吼叫，感知一下鬼的狰狞……

我的意识里开始出现各种愉悦温暖的事情：西天边有温暖的颜色涂过来……不，这不是梦，可又不像真实。太阳真的在落？日落怎么会像日出那样闪过白亮的光？确实，白亮亮的光从那血红的圆盘子里发出来，染在我的臂膊上，染在我耳郭和发际的空隙里……我提醒自己，不要犯狂想毛病，快起来，跟上队伍，爬上大巴车，不要被丢在魔鬼城……

出了雅丹魔鬼城的大门，在抬头的瞬间，我读到了诗，挂在西天一边，挂在殷红、橘红渐变的宣纸一般的云霞上的诗——一线美月！

居延海看日出

寒冷，黑暗，我站在陌生里。

在一号码头边的小山丘顶上，我的脚有了一个位置。

挤在那山丘上的人的话语似乎并不陌生，他把兴奋期望的情绪表达出来，像恋爱一样的激情帮人推开了寒冷。等待太阳出来，在居延海就是这样。

那些陌生的目光正望向一处——长长的渐变着的海岸线，那就是太阳出来的地方。只为这一刻瞬间的出现，只为这一份属于陌生人群，也属于自己期待的体验。

晕黄了玫瑰色的颜色不是错觉，即使是错觉，也极具个体属性。任你是谁，也无法揣摩到你自己之外或者你此一瞬和彼一瞬不同的感觉。就连表达的“啊”“哦”的叹词含义都不同。但可以确定，寒冷，衣服无法遮挡的寒冷，没有风却被刺进脊骨的寒冷是共有的感觉。

此时，我看到巢中小鸟的一只腿在动弹。冬天还没到来，这不是雪夜。

居延海开始露出些微的颜色，应该是白色。靠近人视野的是小片的椭圆形，像是下一个季节送来的一层层雪的形貌。

我走神了，在小山丘上的人或前或后的时候走神了。

“出来了!”

有人在喊，有好多人在喊，喊声参差……

“东方红，太阳升!”

有人在唱，稀疏的歌唱让人感到熟悉又陌生……

太阳出来了。一个小小的火球，拳头大小的火球！火球如何变大、如何升高已经不是焦点。我注意到，天边的玫瑰红色以及黄晕都在变淡，变淡，越来越淡……

我转身时的侧影与很多侧影叠在一起，很明显，小山丘上的人减少了。人们的目光也无法随着居延海颜色的清晰而变得清晰，人们只是清晰地感到有风生成，刺进脊背，感到被激情和期待带来的兴奋感挤走了寒冷。

居延海随笔（一）

看到过负重的骆驼，
听到过跋涉的声音，
今天，
千里戈壁，
把自己安置在驼峰之上，
没有听到雅丹魔鬼城黑沙砾魔鬼般的嚎叫，
只听到王维诗韵的传递：

单车欲问边，属国过居延。
征蓬出汉塞，归雁入胡天。
大漠孤烟直，长河落日圆。
萧关逢候骑，都护在燕然。

居延海随笔（二）

骆驼在千里戈壁上奔突，
清冽冽的居延海与清得无杂的天空面面相觑，
海鸥衔着笑在居延海上空编着花阵，
偶尔，
一只两只地钻入水底找食吃。
人们，
还有我，
踩着木栈道，朝着居延海畔秋日里依然葱茏的芦苇滩头去……
迷宫，
一片迷宫；
不确定，
一切都不确定，
不断被拢在迷宫里。

湛蓝色的居延海，带着几乎看不出波纹的波纹。

天空中好像还残留着一颗大的星，

肥硕性感的芦苇好像知道星的闪烁，

就连那眷恋自由的海鸥也陆续脱离鸥阵飞过来。

有人将黑面包分撕成片，

碎片面包刚刚掉下去，

海鸥就伸出黄喙。

沿着发际盘旋的，

沿着肩臂擦过来的，

从太阳光线里飞翔过来的，

还有一只停在那不动的。

鸟闻到了人烟气，

不，鸟被自己打动，和人的声音、行为方式融在空气、阳光里，彼此说着能听懂的生物都听懂的语言，

真正的交流罕见！

确定？

不确定，

一切不确定！

叼走食物飞走了，

翻飞缠绕表演的，

无视食物不飞也不动的，

各自听着梦中音乐，

各自审视着心的需求，

各自都在自己的磁场里认知生物间的和谐，

同时，永远，

被拢在宇宙的迷宫里。

黄河祭

中山大桥，黄河，还有一群鸽子。

2024 年 10 月 3 日 7 时许，我站在兰州中山大桥下，踩着一片童话般的图案，尽可能靠近黄河。一个孩子、一位母亲、一群鸽子把我围在中间，孩子喂鸽子，母亲给孩子拍照，我望着不远处。

一位成年男子正往黄河水里抛掷玫瑰花。一枚，一枚，又一枚，他投掷的动作很轻柔。也许，他是个很浪漫的人。其实，我不想用这个词。当男人把最后一朵玫瑰花抛完之后，一位女子把黄色的菊花瓣儿一捧一捧地撒向河面，其中一片飘落在我的头发上。又一位中年男子在撒花，紫红色的花瓣叠在黄色的花瓣上，把黄河水都染温柔了。

一位环卫工人拖着一个被撑开方口的玻璃丝袋子走了过来。

“我们这就走……”女人的声音很轻。

一场祭祀活动就这样接近尾声。被祭拜的是女人的父亲，今天是父亲的周年忌日。生前，父亲十分崇拜黄河，他说他了解黄河，黄河也了解他。死后，他的骨灰被撒在黄河里……

我捡起地上的一些黄色花瓣撒在黄河里。我像祭河的人一样，面对黄河深深地鞠了三躬，祭他们的父亲，也祭我的父亲。

那女人挽起了我的胳膊，将一块点心放在我的嘴里，说这是风俗，不能空嘴……她看见我往外淌眼泪，也跟我一起淌眼泪。

黄河流淌不止，我好像听到它在呜呜咽咽地说话。是哦，黄河一直在说话，黄河会说自己的话。黄河一直说着自己的话，黄河是母亲，她跟儿女说的是自己的话，不修辞，不借语，为了表达爱，她要永远说自己的话。

坐羊皮筏子在黄河上漂流

情致和真理滑过某个瞬间，
决口改道刷出历史的新页，
一切都是准备好了的。

风险是在坐上去之前想到的，
只是来不及或者已经忘记了害怕，
旋涡和泥浪可以随时改变什么人的命运。
此刻，它已不是古老的交通工具。

羊皮筏子不知道何为失去生命，
鼓胀时只为吟唱，不承赞扬。
它知道它和黄河同命运，
和谐的树叶回避风险而枕着梦想。

一切都是准备好了的，
上岸只是一种侥幸。
谁都想把荒芜转换成音乐，
也许，不必转换成生命的另一种词汇。

难忘莫干山

从阴山街到莫干山会议旧址，
从王后酒店到芦花荡，
从阴山街到武陵村，
…… ……
总有一条路线记录我下山时的最后一次告别。

从住地到景区，
从景区到住地，
从上午 8 点到下午 5 点，
每日八九个小时，
或台阶攀爬，
或云中漫步，
竹和我，我和竹相伴。

山中只有竹，
然而，
不知什么挡住了我的视线，
四面环竹不见竹。

无意间向莫干山告别，
终要告别。
层叠的远山，
雾幕将褪去，
那一枝一叶的脏腑空无的竹，
必定有一棵，
我们永远不会再见。

山脚下，阳光里回眸，
有很多的可能，
也有很多的不可能。
绿色漫步通道边，
存停着摇曳着很多竹。
有一棵竹，
竹节处有一节正欲飘坠下去的干枯而又坚韧的枝，
我的心头豁然一亮：
竹头永远娇小青翠，
竹干永远挺拔高洁，
原因在于心空头小使用减法。

余晖中的莫干山重现出被雾洗过的竹，

那是我的想象，想象中的窗外翠竹。
昼夜不息的雾气，
昼夜不息的翠色，
包含了多少无法忘怀的事物。

乌拉盖草原随想

确实，我无法给予他人包蕴丰富的悟力，也无法给予我给自己的解释，但是，这天边草原乌拉盖给予了我启示。

在这片草原上，我没看到“山人”，也没看见“岛屿”，但是我看到了海洋，无边无际，浩浩荡荡的海水从心中流过……我想，这不是梦，这里确实是乌拉盖天边大草原。我曾经试图用失败打动缝隙里的魂灵，想把寂寞和黑暗作为礼物送给自己。

我不敢为这片草原遣词造句，我无法找出解释草原的词典……我的心，方寸之间咆哮不已。怎奈这个空间过于逼仄，无法垒出令骏马驰骋的疆场，无论我们如何用尽技巧。

青岛看海

在青岛看海，感觉渤海成了老熟人。

想再重走一次十年前走过的木栈道，去找路，阴差阳错奔向小青岛，脚和心一起踩在礁石上，红色的，如家乡赤峰的红山石一样，亲切感润在心髓。

礁石的参差里嵌进了螺壳的残片，细看，完整的螺壳是有的，瞧了一眼，便抠拣，抠下好多枚螺壳，不知存放在哪里才好……去寻同伴陈静，一位摄影师正在为她照相。她想在不远处荡起的白色海浪的泡沫里看到自己的闪烁，也许，她想把浪漫的姿态留在大海的深处……她哪里会想出安放螺壳的好主意呢！谁又会有安放历史的好主意呢？女伴只是希望通过摄影师的高超技术尽可能地为明天留下些许与海与自己有关的美一点的回忆。

我只好将数不清的螺壳放在一个略凹的石罅里，无意往远处望去，海水好清呀！大海是沉稳的，大海是宁静的，一路走来，它都收融了什么？包容过，肯定。包容过许多，因为它希冀着，希冀能变得强大和成熟；因为它确信，融入大海的所有都是美的。海水洋洋洒洒地行进，带着无数信赖的高贵向太阳示意：“哦，我来了！”

礁石的红色越发纯正，越发深沉，等待海浪将无法自控又无法收拢的热烈的爱粉碎成白色的花蕊摔在肌肤上，浸润在心之深处……礁石湿润的肌肤被阳光带走，它们显得比前时更加红润。

对大海的眷恋，让人被海水包围。我坐在被蓊郁的树木遮掩的台阶上，随手拍下了左手边的一片红花，重又看海，海也变了颜色。

大海一次又一次地任自己粉身碎骨，将激情四射的泡沫摔在红色的礁石上，这些红色的礁石是大海留下的固执和坚贞……

穿　越

从这里出发，
从椅子出发，
从灯光关闭的黑暗出发，
从黄河入海口出发，
从与生俱来的恐怖出发，
开始了又一次穿越，
我开始了看得见也感觉得到的穿越……

这里不是洮河，
这里不是刘家峡，
这里不是汾河。
一座母子状的雕像从眼球穿过。
在这里，

我看到魔幻的往昔，
我穿过了往昔的魔幻。
多少次，
我，还有很多人，
想到梦境深处去，
因为狂妄，因为卑微，也因为无奈。

在这里，
穿过茫无边际的草原，
骏马奔腾，
英气，潇洒。
我看见鹰在飞翔。
那轰响，
不是鹰的叫声。
黄河滔滔，
凭无与伦比的底气，
抹去现实的残酷，
不去从古老的传说里假借卑微，
也不介意能不能在海上成一番事业，
跟随着地母的呼唤，
从河底蒸腾出来，
翻卷菊花般的灿烂，
把黄河的壮观写在——
壶口瀑布。

这不是梦想的东西，

没有梦想，
一切都应幻成虚假。
世间皆为幻象，
你并不知道自己的命运。
不论有无，
不论玄虚，
我在天鸟成群的飞翔里，
瞬间遁入黄河入海口……

寻　找

寻找，寻找。
寻找着火烈鸟，
寻找着天鹅，
寻找着白鹳鸟。

在黄河入海口生态园的芦苇里，
我没有找到它们。
明明，
它们应该在那里。
不，
它们不在那里，
它们在《从老牛湾出发》的诗句里。

去东营

2024 年 8 月 23 日，
——我在东营。

第一次来东营，
为了那萦绕心魂的入海口，
为了渤海与黄河之间的那条标出奇迹的分界线。
为了那惊天地泣鬼神的海上魔幻。

此刻，泪水模糊了我的视线，
此时，我激动地问自己：
是梦见的更雄浑，
还是见到的更震撼？

其实，我在没到东营之前就见到了黄河入海口，
就见到了那条神奇的分界线，
在梦中。
在《从老牛湾出发》里——
错乱的黄昏里，
我往那古怪的诗里注入了湛蓝的激情。

凝视幻象，
目睹宇宙间的奇异，
无法叙述，
无法忘怀。
现在，过去和未来，
只有崇敬，只有震撼！

其实，早已在东营留宿。
《在东营》曾刻下金黄昏暗的夜晚，
曾经抚触过“黄河入海口”的碑石，
穿入芦苇荡，
在迷人眼的荻花里去寻找白鹳，
去端详火烈鸟……
孤独的呼喊声遮住了黄河的涛声，
在笔墨的激情里画下心灵世界的迷宫，
我先于我自己见识了东营。
在那些神秘字母的纱幔里，
我是黄河，
我是渤海，

我听到了渤海与黄河相融相接的琴瑟之音，
还有热烈的鼓声……

不见旭日，
不见晨雾，
只有肃穆的渤海的脸。
它在流动，
它在向前，
迎接母亲般笃厚又不失少女纯真的黄河，
相融相亲，
黄河黄，
渤海蓝。
时间不会磨碎记忆，
广阔严谨地循环着融通着，
在成千上万双眼睛的凝视之外，
在历史的长卷之中，
黄河与渤海沉入绚烂的魔幻。

云中漫步

九华山的爬山索道需十五分钟，时间够长。

云浓，色黑。随着爬升时间的增长，空中雾气渐浓，让人想到张家界。确实，自然界的物候变化常常让人不知所措。

险象环生之后自是一种别样的享受。

围九华山花台环绕而去的是平缓的栈道，它不像江西三清山的栈道那样让人无所依从。云海填满了你的视线，你会觉得虚幻不但是一种境界，也是一种美。你根本不了解也不清楚错觉会叠加出不一样的事物。人不该忽略错觉，错觉恰是你无法确认的智慧的滋生。

在围着花台的栈道上漫步，偶尔转头侧望，你似乎能看到梦中模糊的街角，或者说是你用眼睛为自己营造了乌黑色的围墙。这时，你在心里说，间或听有人在梦外说，瞧，那里乌云翻滚，不，是黑云翻滚，根本看不见来时乘坐的索道，索道被雾一样的黑乎乎的东西，不，一团一团黑色的云所裹绕。老实说，我不想让如我一样的人将九华山的仙巧神韵玷污！

有时，人的想法很多余，他们错误地使用了错觉，丢弃了及时下载智慧的瞬间。

可惜！可惜！

栈道边缘的一棵直挺单薄的山矾树碰了我耳尖一下，风从它几乎干枯的丫杈上的一枚有些橘红的芽上穿过。明天就是秋分了，怎么还有芽往外冒？这里是南方，是九华山之极顶，山下那么多圣殿，自然积淀了年复一年的仙气。

再瞄一眼，山矾树丫杈间那橘红色的芽的斜上方多了一枚新叶，还有一簇花……别感到惊奇。像是又有风从那缕缕地过来，怎么是白色的，后来又像是黑色的，如西天边裹缠住索道的黑云一样。原来，这栈道也被黑云裹扯；原来，我在黑云中漫步。可惜，我只能识出那边的黑云翻滚，并不知道自己同时在翻滚的黑云中行走。

有时候，错觉不仅产生错误的判断，也能生出你无法觉知的智慧……

亏得这弥漫而来的黑云封锁了栈道，更封锁了山巅之下的万丈深渊。在九华山极顶的盘山栈道上行走，如云中漫步。

这里是地处安徽池州地界的九华山花台景区之极顶。我在一片宁静中丢弃了人类共有的恐惧，欢乐让我觉得空间格外空旷。这里不适合使用“险要”之类的词，更不会有跌入深渊的幻觉。雾，不，云，黑色的云封锁环山栈道，封锁了饱满的视觉。还好，没有封锁我饱满的听觉，只听得零零碎碎的铲子铲地的声音，还有女人说笑的声音：

“怎么又返回来了？”

“走到尽头，还有一段陡峭的好汉坡……”

她们只想云中漫步一般地存在于仙山之巅！

继续前行的我，过于专注地看那几个拎着紫色水泥桶修补栈道的工人。我被那个拎着黄色塑料袋子翻下栏杆去拾垃圾的环卫职员惊住了，险些跟那两位说笑着的所谓海南女子撞了。然而，我只觉宁静，这环山栈道仿佛是祖上留给我的深深庭院。

莫干山上

窗含莫干竹，
这不是想象，
不是对旧诗的套作，
这是打开客房门刹那间的惊喜。
清冽，
透明，
青竹时装秀一般，
让人的视觉饱满，
我在莫干山上。

群山环抱的舞台，
伫立着想从暮霭中获得几个新词的主持人。
只有绿得迷人眼睛的竹叶刷出起伏不停的波浪，

我被相机印在中国江南第一山——莫干山上。

皇后大酒店这个名字让人震惊而虚空，
当然，任谁也不会觉得这能算什么。
对，这算得了什么！
然而，这应该算得什么！

暮色渐浓，
我擎起左手，
转过弯去踏上几级台阶，
下意识地托举左手，
似乎什么人放在我手里一朵有标志的玫瑰花。
竹林里闪烁出那弯红月亮，
只觉得中国九华山仙云缭绕，
只觉得中国黄山光明顶上太阳跃出地平线时带给人的喜悦，
一种默默的声音，
一种神秘感，
如梦境一般从昨天从明天，
从莫干山的竹林里出来，
在我记忆的册子里点出一枚红色的符号。
——我在莫干山上。

海水里的男人

青岛，
五四广场前面，
没有沙滩的海岸。

一个比车胎小一圈的救生圈，
拴着一条绳子，
绳子的另一头系在一个男人的腰间，
用这种方法，
到大海里学习游泳？

一个装杂物的说不清颜色的桶状物，
被牢牢地拴在铁栏杆上，
拴得很紧，

像是怕什么宝贝被遗失。

男人突然套上一条肥大的黑裙子，
坐下来，两只手在里面鼓捣起来。
隐蔽的样子、隐蔽的行为在阳光下，
坦坦荡荡，
不知是他的眼睛还是他的髭唇，
那么耀眼。
他突然站立起来，
崭新的长裤从黑裙子里伸出来……

“您去游泳吗？”
“……”
他突然依着栏杆坐下，
从桶里往外掏出一团白色网，
从中拽出一个一个铁坠锤。

“出海打鱼吗？”
“……”
他重又坐下来，
喝茶，
吸烟，
望海，
突然埋下头去。

“您做什么工作的？”

大海将白色的浪花推上海岸，
扔掉烟头的男人穿着崭新的长裤向大海走去。
腰间的绳子拖带着黑色的“小车胎”
右手拽着一堆白色网，
随着水悬浮。
坠锤拉着网沉下大海。
男人时而将网提上来，
时而将网抛下去。

“是来钓鱼的？”
用生命来换几条鱼吃吗？

那么认真，
那么专注，
从白网里摘拣着，
应该是鱼。
那个车胎状救生圈被男人拉拽一下，
黑救生圈中间有一个小小的网，
摘下来的鱼被扔了进去。

钓鱼的，
游泳的，
为了钓鱼而游泳，
因为游泳才钓鱼？
什么乱七八糟的结论，

凡事都有意义吗?

沿着海岸转了一圈又一圈,
回到原点。

男人站在海里,
那个男人还在海里。
海浪穿过他的身躯,
海浪把他埋在海水底下……
他裸露出上身,
臂膀是什么颜色,说不出,
至于核桃纹路印染的脸,
无法写出年龄,
任你是谁也不会也不敢或者说永远不敢让衰老这个字眼靠近他的面庞!
他是年轻的,
英姿帅气的男人!
一个年轻的男人!

两个小时过去,
他没有到岸上来。
一个,
又一个,
操同样行当的男子,
携大致相同的家伙什,
下海,

撒网，
摘拣小鱼……
也许，
三十分钟不到，他们便上岸了。

那个男人，很年轻！
那个男人，很坚定！
那个男人，不会输！

无 题

当然，你无法把它当作一组静气的花鸟鱼，

当然，你无法避开挖掘机不可抑制的轰响嘈乱，

当然，你无法不把时光留下的一些零星琐碎无意间赠予制造垃圾的人。

没办法，

生活就是那样，

令你是谁，也无法拒绝。

凌晨两点时分，

女人把修饰后的愚蠢塞进半舍半离的神秘里，

在别人的黏腻的甜笑里，

可怜熬心人忘记了自己的言语。

灵魂的侧影在寂无一人的街角徘徊，

你不必说那是蹿出居舍的流浪的狗，
没人听到你对寥寥晨星的诉说，
你是女人，
低的成本连垃圾都无法售卖。
买化妆品，
对着绿纱窗，
听会儿音乐，
褪去连自己都不明白的多余和虚假。

灵隐寺

灵隐寺极顶处，
韬光寺。
有这样一副对联：
“不去不来尘客三心随流水，非色非空梵音一偈入霜钟。”
毋庸置疑，
我看出来的图画，
和你的图画永远不同，
我的身后不必现出弓手的影子，
狍子的影子已被它自己所追逐的虚妄的黑影埋在因果的坟冢里。

不必赏出时间，
去偷窥可憎的迷宫。
也不必自诩正直，

灵魂被惊呆之后，
更不必言说美德。
愚念者的回忆里不会有光芒，
不要在隐约的镜子里用昙花做金字塔。

——也许，世上没办法有爱情！
——璀璨的情致已被林黛玉带进墓穴。
——命，不是好玩的。

剑 池

陡峭的台阶下是一个残酷的故事，
一个悲壮的故事，
一个早就当作真实的故事。
为了殷红的铁水凝固而飞扬的生命，
——莫耶赴死！
——不知道该不该用上“使命”这个词语，
——只能说这是个美丽的传说，
——只能说这是莫干山名字的由来。

这环山皆竹的绿色海洋，
这似真非真的灵魂，
这全身无杂枝只有树头展叶空心的物种，
它在赞美着什么？

莫耶无声，
干将默默，
多少人在汉语词典里寻找“气质”的释意。

这是一个被“使命”这个词耗损的生命，
不用去追寻那位效忠吴王的干将对一个女人的回忆。
每个人都在承担属于自己的使命，
不必去领那份永生的风险。
面对剑池，
唤起对时代对历史的记忆，
一切都如风过竹林。
至于莫耶如何跳过不凝固的铁水，
至于干将如何在剑池里为莫耶剑淬火，
谁还会兀自较真，
空间里只有一道强光闪过，
只有莫干山和莫干山这名字与漫山青竹为伴。

——莫干山，永在！
——环山青竹永在。

写在莫干山上的一首诗

记忆无法磨损窗前那些青竹。
它们那样地心腑无存，
它们那样地标新立异，
它们那样地不可阻挡。
难道它们早已知道灵魂有不朽的特点？
垂着凤尾一般的竹枝叠缀着龙爪式的叶子，
簇在树头的蓬勃，
无意为下面竹节上正在枯掉的干枝残叶闪过无言的忧伤。
也许，它在自造一个意识世界。
渗透是无意识的，
它无意影响其他物种，
只是在汲取它的营养，
聆听世人对它的赞扬。

我知道，
它的品质在于每日每时的成长。
成长是一种品质，
成长是一种能力。
——在这些竹之外，
——在这首诗之外，
——一种什么力量在召唤我。

雨中辞别莫干山

与莫干山告别，与绿色的魂灵辞别！

下雨了！穿好雨衣，去寻那条漫游通道，去寻那些竹子，再享受一次没有灰尘的世界！

还是那些竹子，我见过的，在很多条游览线路、在很多地方见过，在梦里，不要说在梦里见过，这就是梦。

端详着通道两侧的竹子，其实，我是想再寻找一次告别的方式。

也许，这是喜欢吧，是竹子让我喜欢它，它本身拥有的清爽，还有它的小头空心不断使用减法的状态让我喜欢。喜欢这个词，唉，人们都用得太随意了。

我因为喜欢竹而喜欢莫干山，因为喜欢莫干山而在这里一住便是五天。因一个景观住了五天哦……

走了阴山街、芦花荡，走了五陵村，去了莫干山会议旧址，把地图上标注的路线走了一个遍。今天下雨，还是沿着这条橡胶路又走了一遭。看着身边的人一路狂奔，不禁哑然失笑，笑他们，笑自己。看竹子，眼前，这悬空的通道两侧就是一片青竹。何必那么狂奔？何必因为降雨浓稠而心生恼怒呢？

机票已经订好，走了。我没办法许诺哪一年哪一月哪一天再上莫干山来享受这没有灰尘的世界。当然，我更没有办法在哪里植下莫干山的竹让世界永无灰尘。个体永远是渺小的，只能下莫干山让笔墨生花描出遗憾两个字，与青竹做最好的告别。

如果我如大观园里的才女们有诗情，如果我像李纨那样能为群钗起诗社，我定要做东，以辞竹、访竹、问竹、梦竹为题刊发美妙的诗赋以圆天下爱竹人的梦。

雨不停，依然下着。

我挪动脚步回住地，如果能把此刻的心情写成文字就好了。但我知道，虚妄的文字更不足以表达我的心情，那就只能再回眸，把摇动凤尾般枝条的竹留在眸子里、心里。如果可能，就把自己塑成一棵竹，心空，空心，永远使用减法。

鸣沙山上的国庆演唱会

有一封信，
留在大漠深处，
有一种灯光，
唤醒了宇宙的寂寞。

鸣沙山，
月牙泉。

这是一个黄昏，
从天涯海角走来的千万人在这里歌唱。
星空里有衔着玫瑰的夜莺飞过。

过三关后的点滴想法

出阳关，对汉长城遗址的印象自然很深，那蹲在高处的烽火台依然残存着。那一句“西出阳关无故人”伴随着我们的记忆。

确实，文字文章文学文化不可小看。尽管池州的平天湖、浙江的青山湖也水光潋滟，但因没有名人留下的文字而无法名满天下，不知是大自然恩惠于文化还是文化恩惠于一方景观。

我是背负着这座残存的烽火台拉了王维雕像的一条臂膀走向玉门关的，那黑金子一般的千里戈壁上承载着切切实实土层鲜明、土质坚硬的一段汉长城，那座还完整着的烽火台虽没法与嘉峪关的相比，却也让人不敢忘怀汉朝以及汉武大帝的雄风。在黄风满地石乱走的戈壁滩上，在这活生生地显露历史苍凉的痕迹里，任你是谁，连戈壁上的一粒黑石沙都不如。

嘉峪关的明长城修复的痕迹比较明显，倒是快出嘉峪关时潦倒的两段野长城，如流落民间的野史一样生动。

路上，脑子里闪过关于防御、关于强大的字眼，同时，看到网上跳出来的荣获诺贝尔奖的人，尤其科学家们，对于人类的成长而言，他们是最好的灯塔、最敏锐的烽火台和长城。

再读鸣沙山

帘拢鸣沙山，心照月牙泉。

又看一眼不远处的鸣沙山，沉迷般撩拢窗帘。

告别性的动作，抚慰性的举措。

其实，人间不存在告别，宇宙的每个时空都飘着绿色的灵魂。

动车窗外，沙漠上依然现出了疏疏落落的梭梭……

告别大西北，告别一种大包容的文化吗？

不必多说，不必多想！

只是，不明白，眼前为何多飞花？

我不敢说我又看到了不真实的事物，

我不敢说看到的比没看到的更真实，

我不敢说也不敢相信哪一种说法更具真理性。

当然，从此，我要谨慎地使用“恒常”这个字眼。

2024 年 10 月 5 日，我看到了鸣沙山——距敦煌不过十几里路的月牙泉畔的鸣沙山！

那个晚上，鸣沙山上歌声荡漾；

那个晚上，有无人机送达的璀璨辉煌；

那个晚上，我感觉到了飞升和无边的畅想。

我确信，我是在 2024 年 10 月首次看到的鸣沙山；

我确信，有一种真实将逾越很多界限。

不必坐在别人的肩头描摹更耀眼的色彩，

艺术的世界里会闪过“雅丹魔鬼城”的色彩。

时间地域有标志，

意识的空间无标志，

也许，艺术本身是一种霸道的生命。

我看到过真实，

我又不知道什么才算真实。

有时候，我总想说对点什么，

但是，我和如我一样的人相同，

我们无法也不配说对点什么。

黄河不断地向前奔流哦，

漂流的羊皮筏子没翻落河中。

不要说那是一种幸运，

那是一种运数，

掌控运数的是看不见而又看得见的爱——千里戈壁上的梭梭草梭梭树……

与李直泛舟西湖

我与李直一起泛舟西湖是在坐游轮游了西湖一圈之后的事。

不喜欢嘈杂，不喜欢热闹，便租了小船在圈定的水面里划了几圈。

有舵手，闲坐在船舱里，便有可能一边赏景一边胡思乱想起来。

突然，我想到格海写的几百字的小品文，咬字炼句准而精确，值得学习。

说来我这是第三次来西湖了，为什么呢？因为没认好西湖。那么多文人墨客在这里留下过诗文，像苏轼的“菰蒲无边水茫茫，荷花夜开风露香”，像杨万里的“毕竟西湖六月中，风光不与四时同”。西湖魂灵也好，西湖人民也好，都应该感谢这些雅士，有了诗文点缀，西湖才名满天下。

点缀依托，不用说！

平天湖，青山湖……若得文墨点缀，也该名满天下！

舵手游兴正浓，便放开性子荡起船桨，小船便朝绽放的荷花堆划去。“嘣”的一声，小船船舷被挂住，无论如何也难于挣脱。水深难测，不可张狂。还是找到了临时码头的电话，打电话过去求救，舵手怕伤及无辜，便摇“信号旗”。巡逻船过来轻轻一颠一拽，便让小船摆脱险境。我们又游了若干时间。

久久望着被铁丝网拦在外面的荷花，当这难以抑制的喜欢成为往事时，对着逝去的时光和人，对着属于昨天或明天的一切，我该说的话应该是，安然无恙！

敦煌小殷

那是从鸣沙山回到敦煌的晚上。下了大巴车，围着夜市凭记忆边走边问，找到的却不是我们登记入住的那个酒店，完全处于陌生的熟悉里。

原来，我们登记入住的是新开业的政府广场边上的酒店。

漫长旅途的劳累充斥在夜晚不确定的气候里，再加上一种无名懊恼，破坏了鸣沙山星空下万人演唱时的喜悦和兴奋。

进到酒店里，见一个服务员正在跟我们登记入住的那家酒店联系。这时，从后面走过来一个姑娘，圆方脸，宽额头，唇的轮廓里写着深厚。

“您先坐下歇歇，我为你们打车！”

推开店门时，她回头朝我们笑了笑，我们也跟在她后面出了店门。她几乎下了马路牙子，同时向几个方向摆手，却没有一辆空车向我们驶来。

似乎，这个夜晚，让我感到了可怕的静止，我把败坏的情绪轻藏在冷漠中。心里想，难怪方才问路时人说不知道，原来这家新酒店打车没办法导航……我望着天空粗俗的酒渣色的云，眯着眼睛闭上嘴，不看不说也不想，只想躲开任何一种可能看到的粗俗视线……

每一天的旅行路线都是打算好的，习惯了，不愿意让情绪破坏做事的有效性。

“阿姨，我骑车送你们!”

“不！太麻烦!”

我后悔用这么生硬的态度，我没有一丝理由让人不快。

她说，新店的各种登记还没完善，只在试运营，国庆假期又不好打车……

说着，她回到店里换了厚长衣，拎了电动车的钥匙，不容分说地启动了电动车，对我说：“我开车技术不错，放心吧，我一个一个分两趟送!”

“没事，没事，放心我哦!”

铃声，话语声，还有附着在话语里的笑声……

那晚，我被温暖被希望被幸福送进梦乡。

我问过了，她姓殷，是酒店的一个普通店员，一位温柔善良大方的姑娘。

第二天，从阳关、玉门关一直到“雅丹魔鬼城”，小殷脸上、眼里溢出来的深厚的笑意都伴随着我。

到了莫高窟

崇拜，崇敬，神圣……很多很多跟朝拜、跟虔诚有关的词早就将莫高窟驻扎在我的心里。

应该是2024年10月8日上午10点，我到了莫高窟，第一次到了莫高窟！

从保护文物、保护历史文化的角度，旅客只能看被安排的八窟。我都看了，看得算是很仔细，我尽量靠近讲解员，但我并没有着力去记住点什么，只是努力区别着各类庙宇供奉的佛像和莫高窟内佛像的不同及其给我感觉的不同。

很感动，一直很感动，包括回忆在洞窟内瞻仰佛像听取讲解以及离开时的情景，我都很感动，莫名的感动！

说起来，不像来前感觉那么神圣，看到时也没有什么震撼的感觉。洞窟里的佛像没有庙宇间的那么威严，这次我见到的佛，他们的温和态、生活态让我难以言说，觉得佛就在身边、在眼里、在心中，常存在生活里。甚至，我想到已故的祖母、母亲，她们也在佛前，我和她们在一起。佛，不再是宗教符号，不再是信仰定位。他们早就存在，存在于我前，存在于我后。他们很温和，他们在我们实实在在的生活中，我们每日每时都在礼佛。

离开莫高窟，没有去想这是第一次还是最后一次，没有恋恋不舍。只是很感动，也可能眼泪在心里涌动。悲、喜、慈悲感非常明显，觉得佛跟着我往前，随我同走。虽然只进了八个洞窟，但我没有遗憾，也并不觉得时间短，好像来了很久，而且以后还可以常常来。

莫高窟的壁画、莫高窟的佛像温暖万物，与万物魂灵息息相通。

我无法逼视太阳的光芒，太刺眼睛。可我的眼睛可以不停息地注视着随身的佛，我可以感觉到自己的感觉，甚至不明白昨日里的悲喜，也无法解释或者说没有去想别人的悲喜。就是这样，没有短暂，没有永恒，没有意义价值，也不存在无意义价值。我们也不必盯着脚下那执着的根，我们的肉身十分鲜活，不必过分围着自己喜于色悲于色那么多哦！我们有牵有挂地爱，我们无牵无挂地爱，爱是什么，来过见过，来了走了，走了来了……

不必悲喜交加，看淡得失无常……

与一只黑天鹅的故事

浙江杭州有一座青山湖，在那里你会欣赏到水上森林。

我立在青山湖的绿色通道上，看到水上树木那向外扩张的膨胀的根。

湖面上漂动着藻类一般的植物，带着天然的美色将水全部覆盖，因为这异常的景色就在你眼前，你不能不相信这是真的。

青山湖给了我诸多的疑问，也给了我抑制不了的诱惑。我和李直租了皮筏子下水去，到水中森林去游，我想了解一下水上漂浮的藻类。伸手捞一把，那小小的圆形的叶儿，每片底下都生着褐色的根，和水中杉树的根一种颜色。当打捞起一片绿色的时候，才见清澈的流水，十分宁静。我摆弄了一下手中的桨，在撑舵人把稳时试着划起来，划的动作大了点，皮筏子一下就进入森林深处，船头与树木撞了撞。由于陡然间心生紧张，慌忙中收起桨，手抓住一棵树，舵手将船稳住，便泊船歇在阴凉里。

那青山湖留给了我无尽的遐想和自在，心生童话，眼出画作，如果不离开，可否久住于此？

“嘎”的一声，也许是幻听？但那只向我们游来的黑天鹅绝不是幻觉，尤其那扁而红的嘴，和那望着我时惬意的感觉是真实的。我动了一下桨，舵手刹那间明白，协调着两只桨，划动皮筏子向黑天鹅靠近……

意向并不明确，只是想再靠近一些，说说话，看看它的红嘴。可是，我们的船头还没有靠近它，它便转身向着来时的方向轻轻游走了。望着它前面涟漪圈不断扩大，我知道我们打扰到它了。

也许，它是想向皮筏子上的我们诉说些什么，诉说它在水上森林的奇遇，也许还有离群的孤寂。我想，我能听懂它的话。其实，我特别想听到它的表达。

水悠悠，林森森，就它一只天鹅，它很孤单吗？我必须设法了解它，便希望舵手成全。于是，我们开始默默划桨，尽量让水声变小，别惊着它，还要让水声有节奏有音乐感，呼唤它，希望它再次出现。

我的眼前出现了与它初相见时那寂寞的眼神，甚至带着嘲弄感的笑意……

划动皮筏子的动作愈发熟练，绕过粗大的树，也挤进细窄的树空。在有树有水的青山湖划水是很有趣的，也许，我们要忘记那只黑天鹅和黑天鹅的孤寂……

抛开黑天鹅留给我的回味，返回码头时我还是怀了侥幸的心理，如果再见到黑天鹅……

临近码头的一侧有一块障碍物。我突然又听到“嘎”的一声叫，猛然一抬头，见那黑天鹅从障碍物后面划过来，划得很快，朝着皮筏子方向，划得很快很快……

我们已靠近码头，上岸时本要送过一瞥，却险些掉下水去。

它失去了我们，不，我们失去了它……

才见胡杨

应该说在我对这个世界有些许认知的时候，我就认知了胡杨。我心中的胡杨几乎一片金碧辉煌。

2024 年 10 月 10 日，我见到了胡杨。

在内蒙古额济纳旗，我真真实实地见到了胡杨林。胡杨的叶子基本黄了，也有稀疏的绿、半黄半绿的叶子。

有的木栈道被土掩住边角，顺着栈道走，观看，寻找，想遇到活得年寿长一点的树，想在林子里找到思维深处的认知，想把这胡杨林变成一本书，想走到胡杨林的深处去。一直往前走，树越少，沙坡沙丘渐多，这胡杨林几乎是只属于我们两个人的。沙丘的一面在阳光的普照下变得细腻而有光泽。不知什么时候，我离开了木栈道，莫名的自我追逐感让人兴奋。我踏进沙子里，细腻而有光泽的沙子里。我把胡杨树权且搁置，把胡杨树遗忘到角落里。我侧躺在沙子里，睡着了，像孩子一般享受到玩沙子的快乐——玩着玩着睡着了。谁这样懂我，这样爱我，把余下的胡杨林都赏给了我，把那干干净净的沙子赏给了我。我睡着了。睁开眼，湛蓝湛蓝的，我连同我的梦都映在湛蓝湛蓝的天光里……

这里静极了，我几乎看到了与胡杨林接边的公路，我找到边儿，我穷其源、穷其缘了……我看到了一百五十年的胡杨，又走，又走，我看到了三百年、三百五十年乃至五百年的胡杨。我举起手机为它们拍照时，目光被胡杨皴裂的树皮所吸引，一层一层加厚的皮慢慢离开树质部，把无法遮掩的丑陋和粗糙毫无羞涩地显现给天空和芸芸众生……

它是坚强的，它是不屈的！“活着一千年不死，死了一千年不倒，倒了一千年不朽”，这个说法确实很经典！

不是为了记忆和赞扬，饥渴、苦难和梦想笼罩着它们的家园，命运使它们的腹脏成了空中的穹隆，树腹被残蚀成大大的洞，里面的褐色、黑褐色暗而未朽。我忘记了，不知怎么站立于胡杨的腹中，是它们刚刚生下了我？也许这是梦幻中的语言。

快到中午的时候，我们走到观赏路的边，可还没到二道桥。要看尽这片胡杨林，共走八道桥，说五道桥、六道桥的胡杨尽显风采，可是我们到了爪哇国，已经无法找到二道桥去坐观光车的地方了……

只好返回到原点去游客中心重新入门，走累了，却无法停步，已忘记千辛万苦，只记得坐上观光车时的一阵轻松。

确实，五道桥、六道桥的胡杨风姿惹人心动，叶子有乳黄色，有蛋黄色，还有的像银杏的叶片一样细腻，虽然裂缺大小、形状不同，但观赏时的魔幻换位感觉让你用一层油彩为胡杨画了娇美的淡妆。

在六道桥，我见到了五百五十年的胡杨，在如普通杨树一样的树冠下拍了一张照片，我似乎用心刻下如梦的文字，梦幻般笼罩着我、胡杨和胡杨的家园。

自带风水的吴雄

从东南到西北，一路上的景致多半已记录在档，给自己，给别人，给昨天，给未来。还有一处，一个值得一录一记的地方：池州乡村文学艺术馆，用自己的两层楼来做艺术馆的农民吴雄，一个自带风水的吴雄！

在那个艺术馆里，我有幸看到了正在展出的美术、书法作品百件之多，也用心欣赏了摄影作品、剪纸作品，当然，一楼还有若干文学作品。有些艺术主题、艺术内容、艺术形式是在此之前没见过的，比如插秧、制作豆腐、采茶制茶……

身处艺术馆，满眼都是霄坑的漫山碧茶，满心都是作坊里炒茶、制茶、做豆腐的新鲜事情。两层楼，我重复上下，依窗远眺时走神了一会儿，想到浙江杭州的九溪十八涧，想到被皇帝御封过的十八棵茶树。茶，早已在我们华夏民族的精神世界里流动了。

再一次走回到一楼时，碰到了出资两层楼，与池州文联、霄坑村一起创建乡村艺术馆的农民吴雄。他中等身材，标准的圆方脸，偏瘦，眉毛上写着深厚，眉宇间昭示着心胸宽广，沉默少言的样子给人留下印象。望着他时，我想，哪天，我要寄些我近期出版的小说和对学生们有用的书过去，充实艺术馆，表达我对这位对艺术有崇敬之心、有崇高境界的吴雄的钦佩之情！

向吴雄学习！

从事文学艺术创作的我，用几十年的生命体验过创作的滋味……今天，吴雄的举动是对艺术的支持，是对从事艺术创作的人的体谅。我不能不由衷地说一句，谢谢啊！

吴雄家的门外是一面老墙，老墙上贴长着一棵老树，茶树吗？百年老树吗？

有风水的一棵树，有风水的一堵墙，有风水的霄坑，自带风水的吴雄！

为那棵有风水的树留下一张照片。

我在后面院子里的几间平房里见到了吴雄的父亲，灰白色的上衣，显灰白的稍短些的头发，窄肩，布鞋，起坐从容，安静。言语举止干净，利落。

真好，艺术，美，一切自带风水！

文字文学文化，无法说清我此时的感觉，无法表达我对热爱艺术、支持艺术事业的吴雄的感谢之情和钦佩之心。做，才是最好的、最有力量的方式。

回到家，给吴雄寄书。回到家，好好写书！

仅仅以此记录下这与自带风水的吴雄有关的文字。

苏州行

写在《苏州行》前面

像目送壮观的落日一样，
迎接太阳初升时的从容。

笔墨的卑微无法超过灵魂的高贵，
江河草木就在那里，
乔装打扮沉思默想的文字还在功利。

像那条向前奔跑的生命一样，
何曾不想添置一条生命，
朝着相对的方向加快速度再加快速度……
笔墨为什么很难描出锦绣，
大海的存在让万物变得普通。

詹姆斯·乔伊斯，
博尔赫斯，
普鲁斯特……
在知道不知道的时候，
让笔墨和使用笔墨的人，
狂妄，
沉默。

当我们要把刚刚的体验写在纸上的时候，
便感到了恐惧。
笔墨总想，
比山川，
比江河，
比草木，
光鲜亮丽一些……

不需要更伟大，
不需要更猎奇，
想滋润点什么，
想表达点什么，
无论如何愤愤，
无论如何更换笔墨。
江河不在乎嘲讽，
草木无视乔装，
只能任色彩让它一再走样。

谁不想甩一甩笔墨惊风雨泣鬼神，
可是……
还是……

——把一面镜子融在怀里，
让使用笔墨的人和笔墨一起，
像白色的夹竹桃一样，
让向下绽放的花朵对着自己留在太湖水里的影子，
——端详。

苏州西山看太湖

在苏州西山，经由的太湖桥有三段。

叶山新村那一段，桥头右侧几间白墙灰瓦的房子下面，有几丛翠绿的芦苇，深处正有几只小鹅把嘴插进水中寻食。

生动，小巧，不知哪位大画家把生物图画在了太湖边上。

作为长江的遗留物——太湖，本是浩瀚，没想到它绣出了太湖的婀娜。

——如《牡丹亭》里的惊梦。

沿着大桥的人行路向前闲走几步，见湖水微绿，便依栏相望。此时恰值下午两点，太阳强光照射，湖面上铺下一片光道，碎银碎金一般，突然被粼粼的波群斜穿过来，光道尽头不规则的浮萍朝桥下漂去，这不是济南的大明湖，那蛋黄般大小的睡莲的叶子怎么可能在这里？这不是莲叶，而是水葫芦。这小小浮萍下似断似续的藻根形态可人，还有几条“窜条子”鱼跳出水面来。

这可是太湖吗？

与无锡所见的烟波浩渺太湖的不同，苏州绣娘竟把太湖绣制出这么柔细的花边。

不过，这确实是美丽的太湖，只是过了第二段太湖桥，在岛边停下脚去看，太湖水开始见白，偶然与微蓝色呈波粼状回环分野。只是依然宁静，又恒定地动着，这让人想起长江的小三峡，还有小三峡上的乌篷船、吴侬软语的评弹艺术和柔皱了的丝绸。一方水土一方文化，苏州文化竟然在西山的太湖上写下了别致的文章。

走过第三段太湖桥，夕阳越发西斜，把抹了腮红的脸投在湖面上，身形体态变得沉稳雅致，更显风骚，夺去了人的眼球。

夕阳白亮的球状中心放射出橘黄色的光，橘黄变得微红，先浅淡后浓稠，球状中心越来越小，乃至失去了太阳本身的形态，化染成一片橘黄，晕染在云上。太湖一派庄严肃穆，“伟人故去皆如是矣”。

空中失去了太阳，湖面没有了波纹。望远时，太湖烟波浩渺，岛山苍茫。

美女樱

早餐后，走进酒店五层级平台的小花园。

树和花有叫上名的，有叫不上名的，各种植物错落有序，也别致。

沿着西边墙的一排竹子走过去，我遇见了它们。它们在花园的东南角，呈半圆状又向左蜿蜒，点缀着两片青竹。

青竹点亮了我的眼睛。

刚刚，春相告诉我“晓唱红楼”直播到了黛玉焚稿那一节……潇湘馆，潇湘馆里的细细龙吟森森凤尾之状再现。林黛玉所焚尺幅鲛绡伴着两腮泪水，将我送至花园的青竹前。只是，吸引我的却是那几簇蜿蜒而去的粉花，松松散散地绽放着，普通却娇美艳丽。满簇簇一头，一个枝顶着一簇，簇又分簇。数了数，一个枝头顶了三四簇，一簇又绽出五六朵、七八朵，足够惹人爱怜。细打量，这些花颜色、层次错落，刚刚伸展的花瓣是粉色的，艳儿，娇儿也是有的。随着花的绽放，颜色越来越浅，雅儿，淡儿，甚至有些像池中小荷的颜色，让人无法生出亵玩之念。再加上依竹而生、依竹而绽，没办法不让人顿生怜惜之情。

禁不住举手将它拍下来，还想配些文字，便问人它叫什么名字。一位来自北京的游客说它叫“小月季”，怎么会呢？我心里这么想时便笑了，名字有什么用呢？花是为欣赏者开的，不，花是为花开的，只有花才能叫出花的名字，听得懂花的语言……

因为连名字都叫不出，几行字也就写不出。

是因为这莫名的牵绊，下午便没有去山塘街白居易纪念苑，小说也没开笔。

现在，我是信了，万物有灵，那簇簇粉白色的花在叫我，在牵我衣襟。我便去那小花园，坐在它的对面，与它说着话。

立于这片小花坛，还能做什么呢——写下它，为它写下几行字吧！

它叫美女樱。

从网上找到的名字，没错，错了又有什么关系！

它是很美的花呀！

青　竹

也许，因为《红楼梦》，因为大观园，因为潇湘馆，我才不可抑制地喜欢了竹子。

苏州行，几处与竹相遇，喜欢之心涌出。这一次，我是穿过太湖湿地公园的长廊时与它再次相见的。不必说它的青竿碧叶，不必说它的朴素、坦直、忠诚，也不必说它顶开压在头上的硬土时的那份坚韧，单说它予人清爽、予人清雅诗句、予人不能自禁的那份感觉，就够了。

竹是有文化的，在没出生之前就受过好的教育，有节，空其心腹，是老子的好学生，“是从感情和真理深处长出来的诗句”。

只要站在它面前，你的心就会被“消融在无边的沉静里”。

没办法，移不开的喜欢。这要怪罪曹雪芹先生，不该虚化了人的精神世界。像我的先祖绸缎庄的老板聂晋宇一样，在一个子虚乌有的地方，在别个宇宙空间以别种宇宙存在方式生动地虚化了我的精神世界。

不过，说到美，除了竹别无它。

是谁人让你把竹之美潜在骨髓深处？

竹前仰视已久，竟不知它到底有什么好了。前面粗壮的几棵青竿上的节纹像什么人用心画上去的，高处的叶翻动时碧波一片，无杂，无染，简单而纯洁。也许，正是这份单一、这份洁美才润出了一份虚空的心腹，空到无，无到空——生出一种区别于他物的灵性。这样说好像太僵硬太刻板了，又再无词语可以表情达意。只能说，青竹好像脱离了泥土，孕出飘逸之状；又饱含了拙朴，唤醒脉脉温情。我想依青竹留下身影，由于自惭形秽便自然移开脚步……

向前一步便是新竹。

青竿纤细，叶片单薄。

这成排成片的后起之秀正临水望湖，把雅美、把虚心、把坦直、把笃诚留在太湖之天光云影里，留在世代传说中。

停在外滩

与晓梅老师离开陆家嘴来到上海外滩。

太阳西落时留下的最后一根线倏忽间消融于黄浦江了。捣碎了金橘般的光铺过去，满江闪烁辉煌，不，满江诗情醉了游人。

有话要说的晓梅老师双手趴伏在栏杆上，我侧依栏杆，定格着江对面的东方明珠。江那边，一片斑斓。繁华扫空了心腹。或许，思考只剩下潜在心底的笔画，慢慢地变成陆家嘴方向花旗银行大楼上方躲起来的光影。

这里，没有花旗银行，没有东方明珠，更无法忆起我们身后的南京路，和平饭店悬挂着的多国旗帜，乃至我心中的灿若明珠的想法也被黄浦江上的画舫载到了说不出的地方。

从陆家嘴到外滩，一个国际都市的繁华被带到了江的那一边和这一边。我的心扫过晓梅老师的脸吗？扫过如织的游人的好奇的目光吗？哪能说得清、说得准呢？其实，你自己就是繁华，依聚在外滩上的肤色不同的脸构成了繁华……

关于繁华的词语被画舫带走了。

关于震撼的心理反应被永如白昼的黄浦江的夜幕抚慰了。

意识回到肉体时，我听到了晓梅老师在说话。也许，她一直在说，前五分钟前十分钟，她一直在说哦！她说她报了成人文学写作班，她说起她近日所写的一篇散文。后来，我听到她说她要写小说，她有值得可以写进小说的奶奶爷爷……

不知何时，我的左手握住了她的右臂，直到她本能地抽出那只可能被我掐痛了的胳膊……

我们拉着手离开了外滩，重又去走南京路。

南京路依旧繁华。

我和晓梅沉默。

后来，我突然说，晓梅，我写小说大半生了。

“嗯——”

“我有瘾了……”

“嗯——”

我又说，在写作的路上，我没有看到黄浦江上的辉煌，我浪费了不少纸张……

我是不是还说了一句这样的话：数人头，吃面包，提高教学技术水平，当千方百计……

我是老师，我爱她！

在锦江都城饭店门口，我们禁不住停下了脚步。

我们拥抱了！

眼泪在我的心里淌过。

这些竹子

这些竹子，不是那些竹子。那些竹子在大观园里，在绿窗纱之外，为潇湘馆独有。

这些竹子在苏州，在我住的酒店的一家小小花园里，有风时能听到沙沙声，很轻。节节竹竿虽没有四川竹那样青翠，但竹节明晰地印在人的眼睛里，也印在人的心里。如果盲目地说它纯美而有气节，这也没有什么不对，没有什么不好，总觉得略显敷衍辜负了它的特点，甚至牵连了潇湘翠竹，但更不能过于牵强把一种世间物种说得离谱。

竹节有特点，竹叶有个性。

这些竹立于几丛小花身边便如花，立于树中则如树，向上的躯干坚硬而能撑得起自身分出的蘖枝蘖杈，允许细枝旁杈逸出；说它像花，坚硬而薄薄的一簇簇的叶，虽不柔弱，却像花一样盛放，如女子把细巧柔婉送给生活。

观竿如赏树，赏叶如观花。难怪大观红楼潇湘妃子率先夺宠居于潇湘馆。审美和人息息相关，史湘云不会喜欢这无芍药牡丹之艳的凤尾森森潇湘馆的。这是审美能力、审美品位所致。

竹之于草木中超群，竹之于万物里有声，也是可以理解的。

其实，早有庭前栽数竿青竹之心，只是有庭无院，竹无伸根之处，怎奈凡俗之人无力去择天堂胜地。然而，心如天堂之灿，梦若江南之美，栽竹种菊尽可，莫怅莫惘，只需心如净土而已。

拙政园遇榉树

刚走进拙政园时就遇见了它。

一棵古老而又坚韧的树。识别之后有两个名字，权且叫它榉树吧。

拙政园，不如叫王宅吧——王献臣的私宅。

频招忌恨，起起落落的王献臣把园子造出疏朗隐逸的风格很是能够理解的。

这一次进园迎面就撞上了这棵树，让我一下就看见了这个退隐的官员，也许是人如树树如人吧！

无皮的树干偶伸尖刺，树身彰显困苦之状，树躯分杈，杈又分丫，丫杈交错如梓树一般高贵。枝杈伸展时的朴素澄净，也许与献臣这个隐者的失意与讽刺有着些许契合。

离开地面的树干为白色，往上托举着的层叠被苔藓一般的暗绿褐绿所涂染，十数层丫杈上再分出不断变得纤细的丫杈，向外伸展又向上托举着，坚韧也柔蔓，无心造型却藏匿精雕细刻之阴柔。它也做瑜伽吗？

无意间，我理解了这个辞官后更显蓬勃、退居江湖之外毫无颓唐之心的大智大觉的雅士了。

榉树干的矍铄让我想起大处着笔、小处用典的画家钱瘦铁，树魂如人魂，说得不错。

从东口偶遇这榉树，权当偶遇王献臣，冥冥之中，它在向我们诉说着起落，诉说着隐逸之风，诉说着舒朗，诉说着对世人的桩桩有着悲悯的讽刺。

舟山夜行

说去舟山群岛，决心下了几回，因路程太远，推后，又推后一直没有成行。

这一次应叔叔婶婶建议，三辈五个人去了舟山群岛。说句不扯谎的话，一次舟山行虽远望了一些群岛，但远不像千岛湖那样岛在身边、岛在脚下，让你想得出这些被水淹没了的昨日里山的巍峨，也在岛上看到孔雀的玲珑，感受到群体开屏时的震撼……

这次舟山行，没能看到也无法看到群岛最高峰——桃花岛，当然也没认出什么“对峙山”，也没分辨出哪里是舟山岛、哪里是岱山岛，只有“舟山群岛”这称谓留在了心里。

性格和职业所至，我总想弄弄清楚，找找边界。现在才明白，我一直犯着错误，这错误可能害了自己也害了别人。假若是这样，也是悔不了怨不了的，禀性难移，为此才把游舟山群岛的愿望边缘化……

不过，说起来，这一次苏沪旅行还就舟山群岛之行印象最深了，也可能终生难忘……

为何？一个字——堵！

堵为不畅，为何不畅？那天正值五一国际劳动节。高速公路上堵得风烟不透，几乎车头挨着车尾长龙一般。本来，我是做了躲过这个堵的高峰的严密计划的，打算这高峰期去上海妹妹家休整两天，没办法，还是碰上了堵。某种机缘某种冥冥之中莫名的设置，还是遇堵。没办法，有办法也是没办法，还是修己不够，宇宙的各种存在方式解读不了不知何控制心思当哲人的命题，这是一种玄妙，不必自以为精通解众妙之门。

堵，也是一道风景！

不作为是唯一的作为！

我伸出头这边那边地张望，潜意识发出了指令，咋办？堵的时间长了，内急久了会不会出意外，再说也无法做到解“危难”于众目睽睽之下吧……

沉默，忘怀，不思考，不推理，不想象，阻断思维，进入一种痴傻状。再造一个宇宙，进入一个密闭空间！果然灵验，不知何时，我的眼前没了车辆，小侄子如何下去车边溺便，乃至车前车后尿尿的声音也听不见了……

回到梨园门口车停下来时，我才睁开蒙胧的双眼……

对于后来的我，也就没有堵的苦困和烦躁乃至造成其他难言的尴尬了。

世上无堵！

只要心里不堵！

舟山群岛之游印象深也。

上海闵行

在这座森严繁华又永远充满年轻气息的城市，
在这座被大海波涛承载的家园，
在这个埋下真诚的种子就生根发芽结果的都市，
在这个阳光穿透细雨的日子，
在我熟悉又陌生的眼光的抚慰里，
我走到永远受欢迎的纯粹中。

记得，
我曾多次到过这里，
今天，是第四次传道授业。
我可爱的孩子们，
我不想再说和你们一起埋下一片树叶希冀长成参天大树的话，
我也不再好为人师教你们当堂写出优美的文章。

那么，

孩子们，

时间和场地又都不适合我们一块儿玩耍，

要做什么哦？

教你们——不教，老师如何不教，

你们就能当堂写出文章。

此时，

我在此时，

此刻，

我确在此刻。

一个人民教师的奉献，

用生命的音符奏出爱的歌曲。

——不教，教！

孩子们自己植上羽翅，

并懂得取之不尽栽植羽翅的源泉……

此时此刻，

我才知道，

什么叫爱呀！

爱是燃烧，

爱是倾其所有没有获得的给予。

可爱的孩子们，

我知道了写文章的一些事，

我想告诉你们，

不用再依附任何人，

就会写文章，

我开始演示我什么也不教！
孩子们，
你们是那样地信任我，
我得到了爱。

走进太湖湿地公园

没有想到，我进入了迷宫。那些黑灰，不，黑褐色的木栈道将我载进了迷宫。

崇明岛，曾去寻过湿地，想去看落日，落日看到了，可是我的双脚并没有踩在湿地上。这一次，我只是顺着标好的湿地线路图踩在了木栈道上。

木栈道分不同的种类，一类是直接入水里的，一类是铺在平地上的。入水的木栈道又有不同，有一截栈道的柱是直径近二十厘米的圆柱，圆柱的外侧又被交叉斜跨格的圆木花架紧护着，圆柱木架之间的立柱中间夹了金属，立嵌在横铺着的木质踏板上，而那踏板足有十六七厘米厚。另一类木栈道伸入水中的立柱粗细略有差异，但铺上去的踏板厚度一样，亦足足有十六七厘米厚。而到陆地平面，两面不再有栏杆，只是踏板厚度依然。

厚重，安然，有弹力。是谁把舞蹈排练室搬到花木葱茏绿水缠绕的太湖湿地公园来了？

曲廊回环，或陆地直行，或伸入水中成为特殊水域栈桥，栈桥上亭阁柱栏形态各异，但都结实、大气、安然，任你是谁都会在心里说，走过去，尽情地走过去……

我们所走过去的地方就是湿地，我们的脚下就是湿地。其实，我们脚趾所依托的木栈正摩擦着太湖的肌肤。

我们在栈道上走，太湖水在我们身边走，我走它也走，它走我也走……

都说“九寨”回来不看水，此刻我改变了看法。在太湖湿地，绿水环绕人为画。在栈桥上，依栏相望，见莲叶伏于水上，风吹动，叶翻卷，似听见雨声的残荷又绽新花；天光云影交错，湖畔白夹竹桃瓣瓣相护成片映入水中，攀牵着的不知名的绿树枝条拥着白夹竹桃的肩背在水中打量自己的面容……

走过地面上的一段栈道接近水畔时，一个槽形木栅拦住你的去路，你自然地趴伏在与肩臂相应的木栏上，侧歪头，看前面的水，也看身边的树。哎，一棵怎样的树呀，枝头向水面斜伸过去，疏朗的枝上还落着“飞鸟”，是“飞鸟”？不是“飞鸟”？都怪这没有太阳的天气，蒙蒙的，有一层烟雾，看不清，不用怀疑了，就是飞鸟吧……

都怪这天气！

不要怪！

正因为朦胧，才让这太湖恩赐的微波绿水显出了宁静，显出了缠绵。

往回走时，在一段木栈道上坐下来，突然觉得水面有异样的感觉，抓住绳围的栏杆，低头凝望。

“不错，不错，鱼，鱼！”

一条，两条，一群，两群，它们浮出水面，还发出响动，让我心动。这些白银鱼在欢迎我，我是一个受鱼欢迎的人！

梦里，我还在太湖湿地公园，还在随栈道游走。水走，栈道走，我走，鱼走……

身前身后有绿水，脚下有湿地。

“我爱你”

苏州有个山塘街，入山塘街处有座阊门路楼牌坊。这牌坊是地标，可当苏州名片用。不好找路的外地人可在阊门路楼找到出口。

闵行房老师走后，我一个人重游山塘街，就是用这个方法准确找到出口的。从阊门路楼牌坊到太阳广场酒店，只需八九分钟就走到了。怎奈笃谨之心不敢造次，在游人如织的行列里犯迷糊会越走越错，我便朝等客的人力车走去。

还好，讲了价便坐上了排在最前面的一辆车。乌蒙蒙的灯光下只觉得车夫穿了件黑蓝样子的寻常衣服，头略低身稍倾，左拐右躲轻巧地与汽车和路人兜着圈子，虽不见微笑却觉出他的和气从容几乎像青蒲朱家角那徐氏师徒二人演唱评弹般气定神闲，到了酒店侧边的低立着的一排柱桩外停了下来，也就几分钟工夫。我微信刷了十元钱，他“哗啦”一声拉开车闸，人和车几乎同时扭转方向，循着来时路转眼不见了。朦胧的记忆告诉我回头向他消失的方向看了一眼，毫无含义地看了一眼。只是我按电梯以及迈进电梯时心里温温的。嗯，这个人力车夫替温婉的苏州把一份温婉送给了我，让我对认识不认识的地方、对从前喜欢不喜欢的事都多了一份宽恕，对自己也多了一份喜欢，在明天的遗忘里记下了多一份的自信、多一份幸福的感觉。

为了游山塘河，我又去了山塘街，晚上八点钟下了游船又去阊门牌坊近旁去找人力车。天下有巧，排在最前面的人力车还是前时的那一辆，几乎没说什么多余的话，我们记住了彼此。我坐上了车，他拉闸转头骗腿屁股挨在车座上。脚面上下俯仰和膝盖的曲动十分和谐，几乎不是在蹬车。这一次，他没躬身曲背，反而轻松自如地为行人让路，躲过各色汽车。也许，他拉人力车有若干年又若干年了……

路上，我尽力坐稳，保持平衡再平衡，能减少点阻碍才好。他好像跟我说了什么，像邻里像家人一样说着，我顿生惭怍之心。记得，家乡有位艺术家在世时从不坐人力车，因为心的感受。这一回付款回头又回头，我觉出境界不如人……

明天再去山塘街别坐人力车了吧？

电梯里，下意识地问自己，那车夫的希望？不用问，多么希望有人坐他的车哦！不坐他的车，送他十元吗？荒唐，赐人尴尬留人卑微，是一种不自知的恶……

为了寻找山塘街上的松鹤饭庄吃下点什么苏州文化，又去山塘，边回味苏州“鸡头米”的甜美和“小米辽参”的别致味道，边走向阊门路楼。远一些就看到了那一排等客的人力车，车篷上红色布帛有轻微的动感，等在第一排的人力车夫送着笑意向我前进了一步，我气定神闲含着微笑把眼睛刷过去，在第三还是第四的位置上看见了那张灰黑色、深带皱纹的脸。他表情如昨，宁静而从容，只是眼睛里有了更多光泽。

“没认错吧，师傅，您送过我两次，辛苦您……”

他点头，扭动车头时面带微笑。

路上，他说了一句，看过丝绸了吗？我说只能下次了，明天就走了。他没有说一句诸如你从哪里过来的等多余的话。只是这一次停车地方不同，他用一只胳膊把车梁架过矮矮的路桩，把车推到酒店前面最后一个台阶跟前。我没下车，坐着点开微信付钱时手指稍微停了一下……

询问才知道，他已经六十七岁了。

他拐车的方向灯光愈发暗了。慢慢地，他的背影愈发模糊了。

电梯里，我问自己，微信里手指停动之后为何没点击十五元、二十元……

我不知道。

但是我感觉到有一个声音从电梯的门缝里挤出去，左拐右躲地在难以察觉的风里飞出一缕游丝般的声音。

——“我爱你！”

想起昆山

不由得又想起昆山，想起昆山那一片梨园。

记得，是游览千灯古镇之后走进梨园的。那些梨树像训练有素的模特，在什么人指定的位置按着应该有的角色立在那里，展示自己的姿容。

走近它们，发现已结了梨果，小拇指肚大小。对着一枚青色的果暗忖，如果早来会看到满园梨花春带雨，如果晚几个月来可以品到果实。

“嘎”“嘎”几声鹅叫打断了我的思绪，见园主人端了一盆鸡蛋鹅蛋走过来。迎上去，握了一枚在手里，有些好奇地顾盼左右。终于，我找到了刚刚抛下蛋既满足又失落的鹅，它在一棵梨树下随意地抖缩翅膀。梨树的东面西面，只要靠墙靠屋角的地方，乃至某棵梨树根部生有花草的地方，偶尔会卧着一只鹅，一只鸡，甚或一只鸭，没有架没有窝，就那样自由自在地散乱地生活着。一两声的狗叫，只让你生出欢快，没有惶恐。据说这里还散养着十几只羊，供梨园人杀肉吃……

好一派世外梨园。

那一晚，我住在靠梨园大门的一间茶香伴以书香的房间里。还是初夏，虽为江南，凉意不减，不知为何，空调吹的是凉风，夜里被冻醒。月光皎洁，虽不是春天，却很想拥门出去，穿过棵棵梨树去享受一晌月光。狗没有叫，鹅也没叫，除了我之外，它们正安眠。不去扰它们吧！

我是被外面的孩童们的欢叫声喊醒的，这声音对我有天然的吸引力。我去找他们时，叫皮皮的六七岁大的小男孩像挥舞胜利的旗帜一般挥舞着小小的网，无不炫耀地喊着：

“我钓的最多，你要不要钓？”

“给，用我的网！”

“用我的！”

“用我的……”

我蹲在他们中间，他们簇拥着我，挤挤挨挨，吵吵嚷嚷，摔倒的、挤歪的，大笑不止，有一个小些的险些掉进梨园低洼处有虾爬动的水坑里。还好，我后仰在一片开满白色“一年蓬”的花堆里。我故意赖着不起，等他们来拽我，可是他们围着我瞎喊瞎嚷的时候，我走神了。

如果这片梨园有一学堂，能添一片琅琅的读书声。金风送爽时刻，梨果压枝，学子莘莘，诗情在，收获在，日月增光辉……

我努力将这旭日之下的梦消融着……

这是一家表亲的私家梨园，自带私家格调，自有情致，不必引人蓄梦。

然而，那月光皎皎，白花烁烁，稚子笑语盈盈的世外梨园确让人难以忘怀……

星光耀耀的胡同

一个早晨。

这里是上海江阴路。

我和上海闵行的房老师走过明星闪耀的思南路，走过淫雨霏霏的复兴路，穿梭于石库门一带的弄堂之后，步入江阴路。不见繁华，左边见一景观。

一溜校车停在那，种族不一的几位女教员正打开车门迎接着五六岁大小的孩童……

原来，这里是有着历史渊源的玛诺利娅主题幼儿园。

终于，我们在这座幼儿园的右边红砖墙侧见到了老上海的窄胡同——葛氏胡同。

葛氏为望族，葛氏八代以后至民国年间，曾有一位善举厚德的叫葛凤池的一代名流。这座带有国际色彩的玛诺利娅主题幼儿园，就是葛凤池捐地产捐资建成的。

这座建筑，这个小小胡同，于繁华昌盛的国际都市也不算什么，然而对后世的寻觅者——刘、房二位教师来说，收获颇丰。

路上，几乎忘记何谓繁华，也不知道怎么称谓名门望族，不用苛求就能将葛凤池的名字以及葛氏望族的豪迈情绪写进未来简史。

离上海闵行近了。在上海影视拍摄基地，我和我的灵魂在十六铺码头寻找着葛凤池的身影。坐上十八路无轨电车，不是以演员的身份，也不是以当今市民的名义，而是以一种飘忽的灵魂去续写一个伟大的民族、一种伟大的文化之未来简史。

在朱家角听评弹

因为又去朱家角，似乎明白了所谓古镇的奥秘。不，谁能明白多少奥秘呢？我只是说，朱家角古镇的中心段是最古老的民居历史的存在，临水临桥也都是最质朴的宇宙存在方式，但也不是俯首皆是的。而首尾向外延伸的仿古建筑成为未来之未来的古镇的再现。

就为了这一句书写的言辞，已感疲劳，恰逢“阿婆茶楼”便进去了。一楼厅堂卧立一古筝，其摆放姿态和琴弦的弹动状让我瞬间得到了休息。若能边饮茶边听人抚琴岂不是一件乐事？

我们上了二楼坐在靠前的一排点了茶果，静心等待听一场评弹。

评弹，是口头语言艺术，以一种抒情咏唱的方式，以乡土性的曲艺状貌，以通俗简便的特征，给民族、给历史留下故事，“给时间留下传说”。

五年前，我曾在上海剧院听过一场六人演的蒋派评弹，怎奈座位偏远，未能尽兴。

第二杯茶刚刚端起，半掩的紫檀色门轻开两扇，一只黑色圆口布鞋随着膝足的起落留在门槛的下面。一位不足三十岁的男子斜提三弦迈上舞台，他撩起灰色长衫，两边襟气处露出黑色绸缎灯笼裤。欲坐未坐之时，我想到了《终课无语》里的苏先生，言谈举止几无声响，坐下时展现出良好的艺术天赋。其气定神闲、境界造诣无法用语言描绘。他眼睫毛与眉毛距离稍近，再加上棱角有致的五官，可以推断他出身书香门第。

就在男子调试三弦时，女演员早已坐于彩桌左边，斜抱琵琶，唇角微微翘动。她天生丽质，一缕深心，多情温婉，民国少女般的短发自然分披，让人直接忽视了她脸上的法令纹。

弦未拨人未唱，你就被那种艺术的动感所征服。

江南锦绣，
金陵风雅……
侬把舵来郎摇桨，
划破西湖水。
…… ……

我和房老师把一缕深情投给了值得尊重的艺术。间休十分钟时，我们与两位演员进行了互动交流，方知他们为师徒。他们两位完全属于《红楼梦》大观园里的人物，也似乎属于我小说所描述的先祖聂晋宇庭深秀宅之大家族人物……

终于在现实血肉之躯中见到了应该见到的人物，师徒二人将在我们遗忘的记忆中安家落户。

我和房老师去寻地铁口时几乎还沉浸在评弹的深韵里。艺术就是这样活跃在人的灵魂之中。苏州本是评弹的发源地，后来，我和房老师在苏州山塘街、平江路评弹馆里听了近十场此种曲艺，终没有忘怀，不，是愈发怀想那两位师徒和他们无与伦比的评弹表演。忍不住与玉萍师傅通了半小时电话，令人惊叹的是玉萍已是做了奶奶的女子。果然，艺术之功力，令人震撼!

记录这些文字只是想说伟大的艺术令人尊重，除此之外，我有意外的发现，评弹艺术先叙述后抒怀，为历史留下故事、留下传说，而且令人乐于接受，这应该成为小说写作的借鉴。

山塘街渡僧桥下的那条胡同

从苏州阊门路楼左拐前行十几分钟，便是广济路。

渡僧桥下塘 46 号对过。

有意也是无意踅进一条胡同。胡同尽头是水域。八个台阶临水。第一个台阶面上水浸浸的，第二个台阶铺着水，第三至七个台阶上水点子大小不一，刚刚，也就是刚刚，是谁汲水而去了呢？

其时，可以坐于第一台阶。已经是夏天了，让脚摩着水面，一定有着别样的情意，可是，谁能保证平衡能力呢？一旦落水，胡同幽深，少有人路过，这只有一步宽的小小胡同，有谁会在意呢？

试想，拎一桶水前走七步，两面房子间距离渐宽，两步半余，靠左侧房子下面约一步处现出一条高台，台上一行排开十二盆花：茉莉、月季……叫上名的还有一盆五角枫。花盆有瓦盆、瓷盆、塑料盆。瓦盆只一个，灰色，半边盆沿破损。塑料花盆桶状，红、白两色。也许，这一幢房更古老，历史更绵长，南向墙壁一部分墙皮脱落，中间部分不均匀地浮现出灰、暗灰乃至黑色，是雨水滴落还是风雨剥蚀造成？应该怎么想也无法说准，只能交给岁月，说这是岁月浸染所致，岁月馈赠对谁对什么都很用心，也无心。不要拒绝岁月在世间一切事物上留下的痕迹。其实，空间形态是无也是有，任何馈赠都不以意识为转移地留下俗念。

一个四五十岁的主妇从巷子左拐的房间端了电炒锅样的炊具走出，我也斜眼时无意间见锅边有一两段青菜。她是走向河边台阶倒脏水去的，回来时锅是拎着的。不用问，就知道她不是汲水之人了。

北面这幢房子东墙侧与地面连接处，洒落粘贴着的是不过于湿漉的苔藓。向南、向东、向北，再拐向北的房子里，都没有这种情况。

此刻，见到《上海闵行区》小诗在日报上登载的信息，潜意识里的愉悦情绪激发了好奇心，便踩着苔藓左拐向北去。房门开着，有一二十五六岁的年轻女子擀板揉面，做的什么饭呢？饼，面条……她微侧脸，我想搭话，她转回脸，收回本没有从心里生出来但是我想象的笑容，我也就把话噎回去了。突然想起十年前与春相第一次走这条苏州老街时的惶悚，也就停下脚步止住话茬。

我倚在两房之间的一段灰墙边，望着绿色河水。流动着的无波无澜的河水，静静存在数千年，连接着此岸和彼岸，串联着生生不息的苏州和居于苏州的人家，也见证着这里的盛衰，但它不知道自己是如何承载着如天堂一般的苏州的繁华的。

“唵——”

这条巷子里传来听得清但听不懂的呼唤和应答，靠街面的那栋做商业门面的房子后面的门面里突然跳闪灯光，还夹杂着女人们高一声低一声的对话和偶尔的独语。拙政园的桂花树的枝丫间是否有鸟归巢时欢快的叫声呢？其时，我多想被邀请，在这横纵交错的哪一户人家吃上一顿道地的苏州人家晚饭呢？

瞎想在天涯！

一条小黄狗从哪家跑出来了，我瞄了它一眼，它根本不知道这胡同里还有我哦……

往这条山塘河注入了多少激情

往这条山塘河注入了多少激情，
并说不出也说不全。
再度步入山塘街，
冥冥中自有安排。
我知道，
也只不过是一次路过，
不必想把它和你的名字联系上。
你突然冒出来的几句话语或者几个汉语单词，
也许，
碰巧让什么人需要保留悬挂起来，
当故事听。
当以往的传说被需要者加工讲述出去，
为下一个下一批的路过者当歌听，

那是存留者和听到者也包括逝去者的偶然获得的幸与不幸……

上面的话，
是这次路过和上次路过不同的想法。
所以，
上了游船，
我立刻关闭手机，
半闭半睁着双眼，
忘记苏州昨日的繁华，
也忘记这里曾有帝王路过。
记得昨晚同一时间坐在同一条河上游动的船，
听着同样的关于这条山塘河的传说，
我已无心去记忆那些关于故事关于传说的词句和字眼。
只不过是一次路过，
路过此地、路过这条山塘河而已……
想想看，
我们曾经还路过别的地方，
遇见很多人。
有人说你好，
有人说你坏，
有人还要挖空心思纠结力量把编纂起来的对自己有利、对你不利的话用最俏丽的办法表达出来……
只不过是过客而已，
为何要控诉、为何要声讨乃至鞭挞别人或自己呢！

这一次在山塘河上游过，

有在世和不在世的单薄的影子一次两次地在遗忘中重现，
我把好多词语单句与孔桥两侧的图画，
与朦胧神秘变异着的色彩重新组合，
一路上风景都很真实。
一路上对我好的人很真诚，
为下一次所有路过的回忆歌唱，
拿起朋友在梦中从“草圣”怀素那里赊来的兔毫笔，
去写岁月里可能路过的迷宫。
路过哪儿，
你说了不算，
我说也是幻境，
他说才是顺便言语。
别把自己看得太重，
如果可能，
路过时，
把别人的好当回事，
永远。
好多人性深处的狭隘令自己痴迷的，
也许是热切的、短暂的事物。
把这一次路过遇到的好好珍藏。

山塘河上一艘一艘的画舫悠然前行，
我坐在一艘船上，
看到的景致很美，
我喜欢。

金鸡湖

是谁把斑斓印在金鸡湖上？
是谁用魔幻的梦让人醉卧金鸡湖？
是谁为谁推拥波浪？
是谁让湖水轻轻荡漾？

宇宙间，
有很多符号，
教你说爱，
素心如初，
气定神闲。
金鸡湖的水，
轻轻拂面，
用吴侬软语，

悄悄地说爱，
不必猜度，
还世人一个恒定的温婉的爱。

灯光愈发斑斓，
湖水愈发饱含情意，
用热烈用浪漫奏出一曲特别的评弹。

梦幻一般又去了阊门

梦幻一般又去了阊门，
没有人能埋葬得了的一些东西，
包括被河浸润得几乎发绿发黑的墙皮。
因为那高悬又不断坠落着的大红灯笼，
才有了苏州河上空曼妙的评弹。
坐在船上夜游山塘街，
听到朱家角阿婆茶楼演奏评弹的女先生的声音。
她说 16 号她将在朱家角有专场演出，
虽不能亲临，
但我确信，
我会为时间留下日常的历史，
为另一种觉醒翻拍出另一折评弹的唱词。

突然，
春相告诉说，
有一本叫《灵蜥》的童话要问世。
不，我梦中读到了一本叫《灵蜥》的书，
不，我在苏州城的山塘街上读了一本古老的童话，
日日笙歌，
夜夜辉煌。
苏州河底有深蕴。
什么人梦见了挖开墓穴的贼盗，
“你将梦见并遗忘”。
春相，
我恳求你，
让《灵蜥》成为囊括一切历史的梦，
然后让苏州评弹唱词本子上，
除了才子佳人以外，
再添点新鲜玩意儿。

三游山塘河

成千上万个手机几乎同时对着盛景，
咔嚓，咔嚓，
留下清晰，
留下模糊，
关于山塘湖，
关于昨日的记忆。

从北方到南方，
从陆地到水域，
我坐在一条船上，
山塘河的一条画舫。
新民桥，
白公桥，

普济桥，

半塘桥、断桥……

录制、拍照夺去了欣赏的乐趣，

直到返回码头，

也无法留下不可言说的辉煌，

别说四十座桥梁，

就算遗留下来的十九座也只能在记忆和遗忘的搅扯中残存些微的痕迹了。

大理石的丰碑也归于忘却。

谁还敢自鸣得意呢！

谁还能说理解了什么另一颗灵魂呢！

只能冷冷地燃烧，

就当作或者说你，

像这山塘河的从前已经死去。

记不住时间，

也说不准原因，

想找世人看不见的事物吗？

想窥视到意外的不朽吗？

想说清楚而又说不清楚。

第二次，

又到山塘街，

坐进山塘河的画舫，

再游山塘河。

说离开了喧嚣？

说在庞大、不朽和辉煌的阴影下梦想前行?
抑制拍摄、抑制想记录些什么的浮躁。
一副白色的大鸟的翅膀,
像白鹳像白天鹅一样的翅羽斜向翻飞着,
好像吟唱着“秦淮胜景”在山塘河上空盘旋。
让我忘记了前面的桥梁,
孔桥两侧的画卷,
红灯笼摆动时红色的雾也淡淡隐去。
不经意间,
我发现,
沉梓就坐在我身边,
我们在舵手的后面。
画舫播音员停止播报时,
山塘河上回环着《山塘河美》小调,
这是沉梓自创的曲词。
我惊讶地侧转身,
身边缺位,
舵手后排座上只有我一个。
再抬起头时,
沉梓和他的老师端坐船头不远处,
船行,
他们动。
琵琶弦上,纤指慢捻,
三弦斜卧沉梓怀中,
这一次,
他们唱的是改编了的新曲——《路过》。

梦幻一般在阊门，
千年古街七里山塘。
日日笙歌，
夜夜辉煌。
古老的历史，
不朽的童话，
梦见又遗忘……

西起虎丘，
东至阊门，
七里山塘路，
评弹绵绵音不断，
音不断。
沉梓师徒二人又把才子佳人的故事拣选翻唱，
让人沉入记忆，
让人难忘，
什么冒辟疆董小宛，
什么唐伯虎点秋香。

又一次游山塘，
只见湖面的粼粼波光若明若暗。
没有拍照，
没有咏唱，
只有白居易默默坐于船头。
就是他，

创始七里山塘路。
“绿浪东西南北水，红栏三百九十桥。”
此一时，
恍惚间，
小宛与诗人躬身施礼，
操琴理鬓翻作《琵琶行》。

船依然在山塘河行驶，
人依然依坐画舫。
只是夜色愈发朦胧。

问雅拙政

又路过这座园子，
三千年以后，
路过这座园，
问雅拙政。

园中仙山，
似有凤尾森森，
又如龙音细细，
全抛洒天上人间魔幻。

此刻，
不是我游园，
而是她游园，

杜丽娘过仙山，
前来游园。

什么人久幻成疾？
什么人如此地使用隐喻？
什么人把拙政园变成一面镜子？
让我剃俗问雅拙政？
人裹在影子里，
影子拖着历史的箱篮盛敛着现实，
我相信了魔幻的力量，
是谁让我夜游拙政身依牡丹亭？
我不是柳梦梅，
是谁赐我演绎在现实中的带墨香的缠绵？
我不是会写鬼故事的蒲松龄，
是谁如此亦真亦幻地警醒世间痴玩，
难道在此园重设太虚幻境不成？

忽然，
听得青浦朱家角那边传来评弹曲词，
一曲《天涯歌女》在光影中潺潺有声。
园内暮色加浓，
杜丽娘缠绵病榻，
林黛玉焚诗稿气喘娇羞，
还有那怒沉百宝的十娘杜氏。
唏嘘之余，人影零乱，
原来杜宝家的后花园梅树下，

复活了的杜丽娘，
惊梦一场。

问雅拙政，
一场惊梦。

“撒年糕，蒸豆包”

一段木栈道，一段平缓的木栈道，一段木栈桥，桥下是宁静的流水。

“鱼，鱼，姐姐，白银鱼……”

应该不是出于好奇，去看了，只有常态的波纹，没看见鱼。看不见激发了看的欲望，努力地看呀……惊恐，为视力问题担忧，视力出了问题吗?

忧恐把疲劳送过来!

我坐在栈道的北端。

我两只脚心相对，两个膝盖对外，接近瑜伽的动作。

行为动作和情绪一样传染别人。

小表弟坐于栈道栈桥的南面。

我想起了小时候和邻居家的孩子坐在家门口玩的“撒年糕，蒸豆包”游戏……

小表弟不是十几岁的孩童了，
四只脚没有成为蒸豆包的锅，
也没有当作撒年糕黏米面的细沙子堆在前面……

童话在闪烁，
忧恐在减缓。
压下做栅栏用的粗粗的绳索，
伸出头去看水上的波纹。

“鱼，鱼，两条，三条……一群，一片……看见喽，我看见了白银鱼!”

以为失去但没失去的安全感和喜悦感让心里重新有了富足感。心富足了，灵魂归于宁静。

瞬间的体验促进了成长，
生命都需要成长，
生命应该没有末端，
越接近末端应该越生出成长的欲望，
勇敢地剔除阻碍成长的不良习惯……
谁配教育谁，
人只配教育自己。

离开太湖湿地，
我还沉浸在白银鱼追逐游走的幻境中。
小表弟小啊，
无法分享这一份本该存续本该拥有的东西，
不到失去的边缘，
不会明白。

在一片宽阔一些的湖面停泊着被鲜花装扮的画舫，我竟然被拍到一张脸上写满愉悦的照片。这愉悦有环绕而去的青竹白花送给的，有差不多做水中游鱼的自己生出来的，还有……

到出口时，左手边水潭里的那一小片荷，那满簇满湖的苇草熨平了记忆中所有的皱纹，无遮无拦地笑出了声，吓着了身边的小表弟。他拉汽车门的时候，不经意地问了一句：

“姐姐，怎么了？出什么问题了？”

刚落下的笑又起波澜。

出了太湖湿地，路渐宽阔，我便说起了小时候“撒年糕，蒸豆包”的游戏，他也笑了。

“好玩儿！”

他竟欢快地吟哦——

撒年糕哦，

蒸豆包哦……

一年蓬与白色夹竹桃

去崇明岛并不为岛上游船航行，为湿地看落日。然，因堵车过了时间，我被阻在湿地外面。隔铁围栏见片片芦苇葱郁，还有那随着地势圆浑的一片白花，分不清花瓣，只是在刹那间的惊异中享受了心灵深处的美和宁静。

还好，对落日余晖真实地体验了、感觉了，虽不像西山太湖看落日那般神圣和壮观。这么说，心有缺憾是回避不了的了。当太阳倏忽间跳下去准备离开时，叫香一、香儿的两个小女孩欢乐的呼喊声把我们引到一片白花跟前。花瓣小，花朵密，朵朵，簇簇，叠压着，挨挤着，跟铁栅栏里面湿地上的白花一样。

西天边红染灰的霞光为我们送行，并没有洗去没能进入湿地的缺憾。但，为了不让表亲家两个孩子感到扫兴，我们当即建了“一年蓬”群，香儿做了群主。我们当即把各自拍的照片发到群里。坐在车里，香儿夺去了我所有的注意力。

香儿，一年蓬；一年蓬，香儿。

没想到，在苏州太湖国家湿地公园，又见到了那些美丽的小白花，这一片那一堆的。我拍了几张发到了“一年蓬”群里，很快，香儿在群里发了四排红花图片……

孩子，花，快乐伴在身边了哦。

回转身的工夫，见湖畔高出水面的壁面上倒悬着，垂挂着一片一片的白花。

“一年蓬，一年蓬！”

可惜，我的发现错喽！

近了，细瞅，端详了半天，真的错了。不是一年蓬，是令人熟悉的夹竹桃，白色的夹竹桃！白色的夹竹桃常见，而倒悬下来花瓣向下绽放的夹竹桃从没见过。椭圆形的叶子依然是厚于一般叶子而且愈发浓绿，最外面那层花瓣向外展翘着，没沾露珠却被水露滋润一般鲜润，投在水中的一大片花影正向我的影子靠近，人被灿然闪烁的花瓣映衬，皱纹便在水影中隐去。

不经意间，转过身，回过头，我是想寻一寻层叠着的白色的一年蓬。哪个更洁白？哪个更美妙？其实，审美是一种意识，不是一种行为，有时候，对美的审视是容不下俗念的。

我们每一个人又何曾不是一簇一年蓬、一片白色夹竹桃呢？只需珍惜生存环境——土呀，水呀，空气的湿度和温度呀，就够了。唉，只有这样，只能这样哦……

一丁丁的心底认知

白天的山塘街，显得残破古旧。古旧里诉说的是难于诉说的古旧的往事，让你猜想。各地古城连绵，真古城也好，仿建的也好，都注意到了人的底层人性哦。

初到山塘街时，明晰的想法、清晰的目的地，是那么难找呀，唯恐找错。这个山塘街该有多大呀，一步三回头，环顾左右，甚至手机导航不行还要问上一嘴，走错，丢了自己……涉世太浅的我哦……我想了解，我想有边界感啊。探索欲，说得太大了；执着，也有点哲学概念。走得辛苦，找得可笑！抑制不住一定弄明白的念头，没办法，再去，再走，再到山塘街……不必告诉自己，去往山塘街，丢掉目标，忘却记忆，走，走就是了。穿宽街，进窄胡同，不必记住这是什么街什么里弄，走就是了，越走越窄，没路了，自然转身，回走，往返，随着那些你无法认识的人走吧，要做的、要找的自是在你心里不会丢。

哦……

这里不大！

山塘街很小！

这一刹，这一瞬，享受一下自由王国的放松吧……

进了一个有几个执勤者把守的门廊，抬头见墙上贴了很多很多的字幅，走过去又回转身，便问了一声：

“什么意思哦？”

有人回答你的请教，说明你足够自然，足够诚恳。

已把他乡当故乡！

我学习了语言，记住了几句苏州话。雪雪白，雪白；生生青，很青很青；弗要紧，不要紧；哈子，盲人；我蛮喜欢倷个，我很喜欢那个；灵格，愿意；黑墨黑，很黑；白相，玩；真家伙，来真的；鼻头管，鼻子孔；出趟，场面上活泼，不怕陌生；来塞格，行呀，可以呀……

世界是这样的呀！

生活是这样的呀！

路上走，走得踏实，走得真诚，走得自然。这里本是家呀，家中有亲人，四海之内皆兄弟……

写作，作画，弹琴，哪样不如此？学不成普鲁斯特，做不了博尔赫斯，刚刚摸到卡夫卡的《城堡》，他已走远……想写啥就写啥，想怎么写就怎么写吧，来得诚一些，不知哪一篇哪一句就代表了人的声音，让笑着的人、哭着的人突然伸出臂膀拥抱你、感谢你，举着一杯“山茶拿铁”与你同饮。

唉，能在终点用始点本来就有的语言、就有的方式说话写文做事，谈何容易！

文化的自信在哪里？判断力又从何而来呢？

成本很高，

整整一生！

我要感谢……

我要感谢那些顺利和不顺利的事对我命运的加持。
我要感谢那从未谋面而又挚爱的先人，
在我还没出生前就为我画下的一幅蓝图，
没有办法。

由于某种偏执，
由于某种连自己都未察觉的自以为是，
由于强烈要求不断成长的永恒性及永恒的成长热情，
“由于玫瑰的神秘”，
“由于友谊的艺术”，
我们进入了一种连自己都不相信的美善至极的世界……

比如上海的武康路，

小巷子，
小花店，
小咖啡店，
小猫，
小狗，
小兔子……
灵动得可爱，
明明存在着却又让人觉得突兀的小情节小玩意，
比如绽放的花，
绽放着呢，
哪需点烁真假而且点烁就令人见笑的一些现象，
以各种各样的灵动，
点缀着喧嚣的街道，
点缀着喧嚣的城市，
点缀着新的世界。

荠菜馄饨

五年前，我和张也在上海石库门一家荠菜馄饨馆吃馄饨，记住了那家馄饨馆，记住了馄饨，记住了那个清爽爽的荠菜馅。

这次来上海，心里不忘的是吃荠菜馄饨。那天晚上，我和两位房老师在南京路上离地铁口不远的一家餐馆刚坐下，我就迫不及待地点了餐。我痴痴地望着盘子，轻轻地咂嘴，不知想说什么。晓梅老师说，再点一份。我连连地摆手，望一望餐馆的四周，甚至连端馄饨的服务员的额头都没逃过我的眼睛。嘴轻轻地咂摸又咂摸，失望咬疼了我的什么地方……眼泪都快流出来，很委屈，五年了！又端起馄饨碗，怎么没吃出馄饨的味道？

“石库门！”“石库门！”

这个地名点亮了我的希望。

第二天，我们去了石库门，细雨霏霏，我们走了太多的路，饿了，便又去吃馄饨。我后悔没找到那家馄饨馆，我给外甥张也打电话让他帮我回忆那年那家馄饨馆的位置，他竟笑了，而且没遮拦地表达他心底的讥嘲之意，他说，余下的日子都用来找这家馄饨馆吧……他声音委婉、笑意绵长倒让我的心轻松了一些。

如果我是学龄前儿童，当时，我可能忍不住会哭出声。

一路上，房老师感觉到了我的失落，但她无法明白我的委屈，除了父亲谁也不会明白的那份委屈。接下来宾馆自助早餐，我一连几个早晨都点了荠菜馄饨，还点了一份黏面荠菜汤圆，并且坚持盯着后面煮汤圆的地方。那个早晨，我吃了很多，应该双份。我怀疑自己的嗅觉出了问题。一点不矫情，一点不故意挑剔，我没有吃到馄饨，我吃的不是馄饨，不是荠菜馄饨。也许，里面包的不是荠菜，不脆爽，不清新……

怎么说呢，我感觉到了失望，咂嘴咂舌，确实，我尝到了失望的滋味。开始想家，想儿时的家，想到父亲，那位总会为我留一个咸鸭蛋黄的父亲，如果他跟在身边，一定想出办法，帮我找到那家真正的荠菜馄饨馆。

这天，我的话很少，怎么努力都挤不出笑来，想保持一种有修养的样子也做不出来。

“明天下午，咱们专门去找那家馄饨馆。记得，来上海的第二年，我在石库门最老的房子的拐角处看见过，确有一家牌子特别好的馄饨馆……”

房老师的话音没落，我的眼泪真的流出来了。我赶紧去了洗手间，打开水龙头，让流水声淹去我的哭音，让这个小小的空间盛下委屈……

正大广场吃杭帮菜

出了地铁口步入陆家嘴天桥广场，由近及远、由远及近地扫视了一遍又一遍。陌生感，震撼感，天地间雷声轰响，震碎了无坚不摧的思维的物质外壳，美丽的忧伤裹着纤弱温婉的身影回到清爽的阁楼倚窗相望……

宇宙空间里产生若干语言。

宇宙飞船载着上千万年上亿年的人物形象开始了自由自在的穿越飞翔……

那些彼此相望又毫无牵连的灰色、深灰色、黑灰色的建筑物只跟太空对话。你不配说它高傲，它也用不着去想跟高傲和嘲讽高傲有关的人文语言接壤……

我依然在梦里，但我不再做缠绵的梦，因为那些惹你缠绵的梦的源头还没有涌出清泉，还没有举起陆家嘴的伞，只是用明天的畅想渲染着可笑的手段，就连情意的表达都失去了质朴和真实……

陆家嘴，是一个很好的课堂。它教你什么是真实，什么是力量，什么是存在，什么是有血肉有情意的语言和胆魄。

如果说九寨回来不看水，那么陆家嘴的写意画会让你关闭其他的与幻想、与缺少力量的诗情有关的纱窗。告诫用各种符号说话表达的人注意脚下的力量。

惭愧让惭愧抬不起头颅。

也许，和我一样的人不该因着骨缝里渗出来的情绪而浪费了笔墨和纸张，迷上了“爱”这个字，又躲避着不敢说，没有力量、没有能力说出最真实最简单的字符……

唉！

请到陆家嘴凝心静气地看，尽情地让思维开小差，看看想出了什么、做出了什么、敢于说出什么……

那是爱，

那是陆家嘴的爱！

有棱有角地拔地而起，

向世界产生话语。

我是陆家嘴，

我是年轻城市里的年轻的潇洒男女，

我爱，

我爱着……

炸雷轰响，

我知道，我在雷声里做梦。

对于你，

对于我，

对于所有的人，

允你做梦，
让你有能力做梦，
你能做出色彩斑斓的梦的空间、时间都太有限了……
你想说什么？
你想做什么？
你可以做些什么？
哪怕一个梨子，
哪怕一根火柴，
做的是想的，
把伟大变成现实！
感谢陆家嘴，
它赐予我勇气，
它赐予我力量，
终于让我找出对自己对别人有一丁点作用的话，
陆家嘴，我爱你！

在观景天桥上做梦的时间太长了，
晓梅老师把我从梦中推醒，
拉我走进对面的正大广场。
空旷得像无人世界，
这个寸土寸金的地方，怎么会这样使用空间？
大海里只有我一条鱼，让我以为我是海水，我不是鱼！
晓梅把我的手攥疼了。

坐下，在临窗的餐桌前坐下。
外面的景致和她点的杭帮菜都是我想要的，

我饿了!
可怎么也不该点五个菜,
如果不是强力拦挡……
晓梅是真实的,
有气魄的,
她在这陆家嘴的大楼里哀叹过……
我望着这个几乎认不全明天的人,
她点餐,
我写诗:
陆家嘴,
汇丰,
花旗,
兴业……
鬼怪猛兽一样,
伴随着沉稳的黑色,
高楼林立,
摩天而起……

旋涡,
风暴,
一时间发生在大脑的海洋里。
无数镜子照出疤痕和缺陷,
“忧虑,爱和变迁”组成命运。
梦和钱币在深渊碰撞。
不必后悔,
不必嫉妒。

我确信，
认知能力，
思维模式，
具有一定的杀伤力。

晓梅点的菜很好吃，
杭帮菜菜量很小，
精致！
灵隐素烧鹅，
引起了我再去杭州再入灵隐寺的计划……
我不能再吃了，
我必须看重自己的健康，
为了陆家嘴，
为了杭帮菜，
为了一定崛起的晓梅……

一束白雏菊

怎么说呢，
一束白雏菊结束了我的苏州行。
春相送我的。

撅着嘴一样的几个洁白的瓣先翘出来，
是白，
白得鲜明，
一瓣挨一瓣，
开得真实，
开得安静。
花瓣绕出淡绿色花蕊，
花盘雕琢小字隶书：浪漫。
春相把浪漫偷放在淡绿色的花盘里面。

绽开着的雏菊六七朵，
接下的一层是带着兴奋染着羞涩的欲绽开的五六朵，
只看见舌状的一两个青白色，
可以洗去旅人的疲劳。

我突然想起了苏州太湖，
太湖上的落日，
跳进山的背后，
突然放射出旭日般的光芒，
擦过楼脊，
打在对面楼的窗玻璃上，
聚焦，
点点金光落在层层叠叠的淡绿色的雏菊上，
一瞬间，
绿色的花托儿绽出了浪漫的白色。

哦，一束白雏菊！

写在后面

结束了一段旅行，突然又想到了山东曲阜。

一进入曲阜的地界，听到最多的话："有朋自远方来，不亦乐乎!"

从卖煎饼的到写大字的，都是孔子几十代贤孙……

孔子一代圣人留给民族传统文化，留给了家乡什么——无忧的恒久的衣食之源。

孔子配受赞美。

苏州，很小，苏州山塘街竟让人十数日不离开山塘街山塘河，无论是否旺季，每天山塘河上坐游船的几万人次，船票五十元以上不等。

何也?

有一个诗人白居易，创始开凿了虎丘——阊门的山塘河，有利于当时的交通，更荫庇了苏州的世代子孙。

白居易，不仅是诗人，而且是道地有用的功臣。

武汉 · 成都韵

樱花十月开

从一条坡路往下走，像走重庆的山路一样。

路很窄，两边各有一排树，左边是樱花树，右边是桂花树。樱花常在春天三四月开，桂花八月盛放。现在是十月，我来不逢时，樱花未绽，桂花瓣也被碾为尘泥，在草叶旁，在石缝中。不知什么原因，还遗留下一瓣两瓣的在枝头上残存，干黄的碎片中顽强地往外钻出一片半瓣的桂花，香味浓浓，让人以为桂花还在。

有香味陪伴，有绿叶相随，寂寥感藏得很自然很得体。虽然偶尔还会想到厦门大学湖里的黑天鹅和它们啄食我手中黑面包时的可爱，还有湖畔那些深邃思考的雕塑，但我确信，这里一百多年只见林木少见群楼的武汉大学也定会给我留下不可替代的印象。

往下走。

很慢地往下走。

左手边，追索着一串台阶往上看，我怀疑这是不是盖在重庆山坡上的建筑。楼顶是绿色的，小窗质朴而神秘，引发了我心中不尽的神秘，我抢步迈上台阶，走了好远……我坐在台阶上，也许，曾经，我就住在这幢大学生公寓楼里；或者，这不是梦幻，我正如那些少女们一样，在这公寓楼里做着关于文学的梦……

做着梦走完这条坡路，没来得及再细看两边的桂花树和樱花树。确实，这是十月，不是三月，也不是八月，来不逢时，不必有些许遗憾，没有机会遗憾，恐怕在你生出遗憾念头时就造出了新的遗憾。

往前走就是了。

只有往前走。

快乐总是在前面。

前面，确实在前面……

右边的两个树枝上挑着白色的花，一朵，两朵，三朵，小星星一般……

没错，几乎褪掉叶子的樱花树枝头上，挑着白花。枝头上确实挑着星星点点的白花。

几乎是梦游一般举起了照相机，不，我把这白花拍在了泸沽湖的水面上……

又是梦境。

不，绝对是梦境。

这里是建校一百三十年的武汉大学。

在这条坡路的尽头，蜿蜒左右还有别的不成行不成排的樱树，它们的枝丫间都喷洒了点点白花，其中一棵较大些的樱树上的樱花更大些，虽未连成片，却让你感觉到樱花绽放时的自愉自悦甚至羞怯……

确实，武汉大学院内，樱花开了。

时为 2023 年 10 月 8 日 12 时。

以时为证，

以人为证，

以诗为证。

恩惠！

感谢大自然的恩惠，

不必等明年的三四月份再出门，

温度，湿度，

有时，宇宙间呈现它自己的各种现象。

不必再把温度湿度的话在心中揣摩，

宇宙现象里，

什么时候，

湿度温度都好都适合，

只要蕴满绽放的生命力，

樱花就可绽放。

四十九簇木芙蓉

转了一圈武汉金银湖湿地公园，不知园如水水如园一样宁静，还是人如园一样宁静。总之，宁静的世界里只留下四十九簇木芙蓉。

我重又数了数，四十九簇，粉、白、红的大朵的芙蓉大大方方地、自自然然地缔结在高高的枝头上，无法用上雅字，也不好随意拉上一个俗字，只是那样突兀地存在于这四面环水的铁栅内，根就扎在陆地上。

望着它们，在网上识名，没有喜悦，无法生厌，只是不解。

不解的事很多吗？

可是，我只有不解。

这四十九簇木芙蓉三面被荷花环绕，只是不见花，多半叶子高高挺出水面，葱茏如旧，只有木芙蓉西侧荷花叶子的背面被风吹起一缕似有似无的憔悴。有水的地方有荷这是很自然的事，可依水傍荷的四十九簇木芙蓉是何出处，是何道理呢？

难道世上事都应该有出处、有道理吗？

我只是低头前行，不知哪个好笑。

也许，个中原因也是有的。荷有很多别称——芙蓉、莲、菡萏、藕花……

也许，是这样，木芙蓉本是喜水适合配植池畔的植物，只是它的花朵大、颜色艳、显得过于直白而已。

然而，说近朱者赤也许不合适，说近朱者赤不对吗？别像尤利西斯那样在语言圈子里添置疑团，无论如何是没办法弄明白那本天书的。其实，生活中事稍一笼络哪章哪节不是天书呢？想想桩桩件件眼前的事、身边的人，《芬尼根的守灵夜》也许并不诡异了。

沿着湖边漫步绕行，几乎与前时轨迹相重相叠，映入眼帘的多为水系交融荷莲交臂绽露姿容，当我在石泥相砌的低矮阶石的缝隙里钻，铺着的浅草薄藓旁驻足，最后索性坐下去时，终于开了一点窍。

水芙蓉也好，木芙蓉也罢，俗也好，雅也罢，细切如藓，宁静如水，共融于金银湖泊内外的一个园子里，如果你得片刻宁静片刻喜悦也就是了。

那是一片有芦苇的江滩？

当我没看到芦苇的时候，我听到“咕咕”声，鸽子的“咕咕”声。

也许是一种杜鹃的叫声。我错了，这里不是白洋淀，这里不可能有托人养育孩子的懒妈妈杜鹃的叫声。

不过，我确实没有看到成片芦苇飘荡的美。有时，我们不了解许多事物，只能在困扰孤寂中、在薄暮时分苦苦寻找。

我找到了一块石碑——芦荻滩。

顺着石碑往前往左，

我努力地变换方位变换角度，

我想在模糊的影子里拍出更多的芦苇，

我加着小心滑下水泥沟坡，

在时空忧伤的气息里追寻想象中的飘荡的芦苇。

其实，
不必一定找到“汉口江滩，芦苇飘荡”几个字。
概念，别人给你的概念，你给别人的概念，
都可能造成一种残缺。
往前走，
只记住这江岸，
往前走就是了……

“咕咕”的声音，
“哗哗”的声音，
鸽子的叫声，
江涛拍岸的声音，
记忆裹挟的，心灵喷涌的，时空存储的，
真实不真实的声音，
存在不存在的事物搅扯着罩住了我的视线，
罩住了心里的网络。
然而，我的脚步一刻没停留。
我闻到了青草的气息，
闻到浪溅过来的声音，
我的眼睛被穗穗芦花撩拨，
我置身在芦苇荡里。
不，
我从芦苇分荡开的泥道中走过去，
我看见母女俩以长江为背景拍视频短片：
戴着红领巾的小女孩字正腔圆地诵读古诗，
母亲几乎半跪，

拍摄，十分投入。
芦苇的尖穗就那样拂动她的耳廓，
孩子不时地挥一挥手，
那紫色的苇穗俏皮地动一下，
瞬间赶走长江水的强硬，
岸边的拍浪之声变成柔柔的音韵：
“不知何处吹芦管，一夜征人尽望乡。”

这里确实芦苇飘荡，
汉口江滩，没错，芦苇飘荡。
我和那小女孩，
和那融在涛声里，也融在芦苇的花穗里的母亲，
把玫瑰的神秘，
空气里的柔美，
融在磅礴的江水里。

在芦荻滩，
在汉口江岸，
寻找江河的语言。

三把钥匙

吝啬，
关于时间；
珍惜，
关于时间；
不经意，
关于时间……

那天下午，
我站在武汉东湖边上。
你不要说我是个流浪的绅士，
你更不必告诉我，也不要说这是一种残缺。
薄暮时分，
我确实没有看见湖面上的荷花。

然而，
我确信，美是早就准备好了的。
为你，
为他，
更为我。

在另一方天空下面，
我的面颊撞在了三枚钥匙上。
催我觉醒吗？
这是将与我对话的天使吗？
在描摹谁的前夕，又在预示谁的明天？
这是那枚能够开启大地之门的钥匙？
这是那枚戳破苍穹为你捡拾那颗绿色星星的钥匙要和你进行的一场永恒对话？
这是那枚开启你的心灵告诉你是谁的钥匙一定挖掘出那份比天还大的虚无？

明明，东湖悠悠，
明明，藕花柔柔，
明明，云光烁烁，
湖畔竖起这三把钢铸的钥匙，
一定要毫不留情地毁坏东湖这似水的柔情吗？

为何一定阐述？一定写意？
谁能说出宇宙存在的意义？
可怜，可怜东湖碧水……

一条台阶路

我是在湖北美术馆看见这条台阶路的。

它是一条通往上一层各美术展厅的必攀之路。

每个台阶面很宽，台阶间距很大，六十余台阶中间部分被木制台阶截接，每个阶面由六个条块组成，用手量一量“两拿半宽”，褐色的木质面给人纹理感、信任感、美感……

有两个姑娘坐在第一组木质台阶上，隔两层也有人落座。他们是因为爬不动台阶而歇脚小坐吗？

美对人的诱惑和人对美的欣赏组成了湖北美术馆一道亮丽的风景线……

我望着陡立的台阶路有些发怵，望着那一组一组的木质台阶又情不自禁迈了上去，虽然速度很慢，但落脚坚实。我确信我一定会爬上去。为那简约时尚、风景别致的包木台阶，为能坐上去，攀爬台阶的喜悦之心浸渍着每一个细胞。

我坐上了从上往下的第二组木质台阶。等最上面那组木质台阶上的大学生模样的人离去时，我坐上了这条台阶路的最高一层木质台阶，心情却很平静。

这条台阶路我望了多时了。

这条台阶路在我梦中多次出现过。

我眼前的台阶路比我梦中的台阶路要新奇得多，陡峭得多，真实得多。

坐在褐色的木质台阶上，心比想象中还要宁静。看着三三两两的人从美术馆入口走进来，有的直接走上台阶，有的走进一个又一个的展厅，有的从木质台阶上离开，有的驻足侧身坐上了木质台阶。坐在木质台阶上的人应该是向着前方，也许如我一样什么都没想。

攀爬这条台阶路确实需要力气。步幅大小、速度快慢无论怎样，只要脚踩实、心坚定，安全，明媚，坐在哪层木质台阶上都能看风景。

我想起王庆松的《同一世界，同一个梦想》那幅画来，人们在共同的诉求中阐释世界的视野不同，思考层次、思考逻辑不同，外部现实世界和主观内心世界就会有多种矛盾交织，也许，应该选择美善的角度看世界。

不知什么时候，我面前的几组木质台阶上的人不见了，撞进我视野里的是悬在墙壁上的一条百名艺术家的寄语——致美，致未来！美，未来，趋着我的睫毛，心里很热，眼泪流不出。

我懂得，走向美、走向未来的台阶路永远出现在创造美、创造未来的路上，走这条路很幸福，不容易！

静听编钟乐

对于《竹枝词》《桃花渡》《高山流水》《彩云追月》这些词曲，我都不陌生，只有《楚商》是第一次听，在湖北省博物馆举办的曾侯乙编钟音乐会上听的。

关于楚文化，有了深一层的感知和体验——是因为编钟，是因为钟磬和鸣之千古绝响。应该说，这是天外之恩惠……

说编钟为湖北省博物馆的镇馆之宝一点不为过。说到编钟，听到编钟之音应不陌生，可坐到这里，听艺术人现场演奏此雅乐为头一次。沉郁而幽远，苍凉吸髓。有时，你会觉得那是从海底深处喷洒流溢出来的；有时，你仿佛被缠绕于寺庙香烟空灵里；有时，你会想轻舒臂膀去拥抱天上的祥云……知道不该不必不能来描述这钟磬之绝响，因为我不知道它是如何涤荡尘俗五音之杂，也无法想象这钟磬是如何被熏染被陶冶而成的精灵，又难以想象艺术家从何获得演奏技巧通灵此乐之妙的。

台上人用锤杠一样的灵动之器碰触那一串大一些的编钟时宽袖飘闪，肩腰髋部律动呈虹云一般的飘逸，他的心弦早已在思绪之外了……再配以古琴及其他弦乐器一起合奏，那是一种如何的旋律，又是如何滤去污秽的人欲之航的呢？

我的眼前飘过这家博物馆珍藏着的简约时尚如绸缎一般的棺椁之物。也许，那至纯至真的林黛玉正躺在棺木里，在细辨细品这钟磬之音，与潇湘馆内的森森凤尾细细龙吟哪个更美……

突然间，我倒觉得自惭形秽，不配坐在馆内听这淅淅清音，享此千古绝响，一时间明白了老子之绝唱，有是可以变为无的。听，多听，悟，参悟这曾侯乙编钟乐，也许会享得片刻之仙境神韵。

细碎弱小是美

想不到，看武汉植物园竟头一次付出了代价——小疾小恙造成的难言的痛……

生命中付出什么代价都在未预料之列又不必惊慌，哪怕失措，体验过后也倒有意思。

植物园之行值得，应说得上不虚此行。我头一遭设身处地地领略到细碎弱小是美。

惊叹于园艺师苦心孤诣，竟然把不同状态、不同形色、不同类别的菊一起植在池边。金黄色丝瓣儿如线的黄菊努力地伸出栅外，每一丝瓣儿都让人怜惜，不敢触碰甚至不忍多用眼睛直视。瓣根粉白，越往上往外越粉越紫，甚至杂以黄色，可以说显出绚烂之姿的菊一点不露粗杂，还是那样细切柔弱，瓣瓣相依相拥相托相偎地溢着笑哦。竟还有单瓣黄蕊的红菊，拇指肚大小，自然朴质地闪露素朴之美……

流连。蹲下看，俯身再看。

什么吸引了我——细碎弱小的美。

略转身左拐，没想到被绊住的还是菊——单瓣绿心瓣顶如稚子剪齐了的发梢，有几分傻气……也是菊，虽叫不出名字来，却深印心海。

没走多远，与其毗邻的是大大的一池睡莲，白的、紫的，还有一小片绿色的莲。秋色渐浓，已可残荷听雨，这莲为何一副灿然眨眼睛的样子？

在自然界、在宇宙空间里，就这样，不甚明了的事很多，一定要说真切说准确反倒错。不过，我看到的倒真切。

不再顺着直线前走。不知是墙外笑声提醒，还是心里豁然，左转再走。

哦，像灌木丛一样的盛放的小紫花，我不知是想摘一些编成花环戴在头上，还是走近她亲一亲吻一吻……她太温柔太细碎了。这小紫花的左边、前边、后边高低错落地长着绿穗子的小树，还有伸向地面的藤蔓……

细小脆弱的生命簇拥着我的眼神，温暖着我的灵魂……

由于……

由于不想辜负旅行的初衷，

由于那片绿藻池里唯一的一片红莲，

由于梦中曾见过的那片像黄瓜花又像百合花一样的木本曼陀罗，

由于那些牵扯着让我入了迷宫一样的冒出地面半尺高的像老人头一样的根状茎，

由于奢望看不曾见过的一切属于美的事物，

由于总想获得关于诗的灵感，

由于说不清的根本不沾边的未来和无法认知的认知，

我终于选择了比往日早一些的时间出发，

我来到了武汉植物园。

我不知道怎么说才好，

这里好像从来没被什么人设计过。

参天古木是参天古木，
小菊花是小菊花，
猕猴桃是猕猴桃，
自自然然地在宇宙间呈现。
不，这里被精心设计过！
连一畦挂满小碎叶的草状植物都被安放在架子上，
此物如何入药、有何性能都用卡片清晰地标识着，
还注明负责的科室……

望着无法找到边界的植物园，
我想了很多，
我甚至想到抄写有关生物、有关科学的那位作家。
他或许有着正确的逻辑，
人的筋脉腑脏，
植物的叶片根茎，
动物的奔跑跳跃……
科学的血流图就在宇宙每一种存在的形式中。
那些饱蘸了笔墨的大脑，
哪个瞬间不展示着科学般枝蔓的图表呢？

诗，
文，
小说，
文学艺术……
那单片红瓣绿蕊的拇指肚大小的菊花正从参天古木的眼睛里呈现。

这便是昙华林

让我想起上海的一条文化街来，
那天离开苏州河后奔过去的文化街。
它们很像啊，
被设计得独具风情。
只是不同，
依坡造势点缀自然的风情街，
任你是谁都不由得停下脚步。
也许，我不该凑进来喝杯椰香拿铁，
坐下来，
望着窗外像叶一样脆红的花，
心猿意马，
想法都注进了武汉三汉雕塑艺术博物馆。
我很想让那位抄书的作家目睹这林林总总的铜铸雕塑品。
原来，

我们正在这里，
在这三百六十行里：
卖馄饨，
织补，
卖黑鱼，
舂米……
我是做什么的？
演鼠戏的吗？
你呢？
举着敷了一层面筋的竿子在树上粘蝉吗？
不慎，我们做的这行当叫“艺术”，
哈哈，
和烤红薯做馄饨一样是三百六十行中行当的一种……
不存在高低贵贱，
是不？
只要，
只要不做告地状乞讨，
只要……
三百六十行，
谋好哪一行，
一旦做了状元？

一杯椰香拿铁喝完，
昙华林簇在左右，无言无语。

我想了很多

你不会因上海植物园的绚丽斑斓磅礴，就忘记武汉植物园的自然精致，

我们的笔墨没法落在塞纳河的两岸。

吃下什么，喝下什么，

自然会描摹什么，

或把想描摹的物态嵌进梦里。

展现的画卷一定是他人无法知道的细节，

没有不朽。

那些不朽的东西，

只是你无意中撞到的无意。

我在宇宙空间的一隅，

总有一个立锥之地，

总有一个饱眼福的角度，
不，总有一个此时此地的愿望。
别伪饰，
别强迫，
别把曾属于他人、曾属于历史的不朽看得太神秘，太高不可攀。
我们很渺小，
我们很自然，
不，
我们正视自己的存在，
做了，就有意义。

树，还是根？

我是树，
我曾经是树。
你不必深思，
不必追问自己，
我是树。

我知道，
有一天，
你会路过这里，
我把自己变成根，
从地下生出来。
虽然，
你不喜欢这黑黢黢的样子，

根就是这个样子。
我不断地伸长曲屈盘虬地以根为枝以根为杈……

我沉吟良久。
望着那黑黢黢的依然向前蜿蜒不断变粗变长的根，
想说几句他可能想听到的话。
但我依然缄默不语，
这哪里是树？
这哪里是普通意义的根？
我不明白，
很不明白。
我在光影交错处询问，
你为何要在这个地方等我？
作为胜地，
作为一百三十年的武汉大学，
你看中了它的历史悠久吗？

我总是在夕阳和原野触摸的时候往远处望一望，
孩子，
我知道你会走累，
你会有走累的一天。
孩子，
世上没有放之四海而皆准的真理，
也许那年我不该让你听到鸽子的叫声，
本是不想让你受到伤害，
没想到，

你受到了更大的伤害。
我只能早些变成根，
快速盘旋，
成为你喜欢的秋千，
坐下，
荡一荡，
这是无法撼动的根秋千……

一个牌子从眼前晃过，
今天，
2023 年 10 月的这一天，
离武汉大学建校一百三十周年还有五十二天……

你是树，
那么我是根。
幻想让我超越，
我变成了你。
你需要差人在这黑黢黢的是根也是树的上面前面再支起水泥柱，
我要从那里飞奔过去……

模糊而清晰的印象

编钟沉郁而悠远的声音把我送到一把剑面前，
——越王勾践剑。
我端详很久，
连夕阳也没有给我光亮，
我在绸缎一般的温暖的棺椁里看到了那把剑。
是剑给美人陪葬还是美人为这把不死的剑陪葬？
夕阳在想象中的影子里照出了心的恐惧。

并不怀疑，
这剑是湖北省博物馆的镇馆之宝。
在模糊的昨天如清晰的今天互为折射的影子里，
我没办法消除刀光剑影。
其实，生活不需要刀剑，

没办法，
生命的内部和外部，
都在调动潜意识铸造刀剑。
我们不需要历史每时每刻地强化关于战争、关于争夺的概念，
我们不需要刀剑。

刀剑和棺椁，
刀剑和美人，
是谁在制造关于勇武、关于高贵的词源？

夕阳投下灿美光辉的时候，
不是逃，
是跑，
我跑出了那家博物馆……

关于爱

关于爱，
关于付出，
关于审美，
关于做事，
关于学习，
都跟“打磨”这两个字有关。
没有终点，
只有始点。

就在昨天下午，
我在昙华林打车到粮道街去，
打到第三次才成功，
司机不是说找不到我就是说过不来，

因为昙华林离粮道街只有几百米。

我已在粮道街为什么还打车到粮道街？
为什么把自己的始点当终点来打车？
无意间，
我开始三百六十度地打磨自己。
如果把心思都用在打磨自己上，
如果养成一个永远把终点当始点的思维习惯和行为习惯，
没有“车”会打进来。

关于爱，
关于付出，
关于审美，
关于做事，
都和“打磨自己”搅在一起，
这样，
才会遇到同频的人，
且永远同频。

楚河岸边乌桕树

“楚河汉界”这个有着多重含义的词，让我草草地穿过汉街坐到楚河岸边。

也许还是早上时光，这喧嚣城市里少有的宁静像是对我有了浓浓的情意。

我沿着楚河向前走了些许的路，又向东边河流出的方向拍照。然后看见河对岸是一排不算高的欧式建筑，像是有故事的所在。便在对面的一棵树的围石上坐下，把轻型背包放下，并从包里取出杯，啜了几口茶，确实有几分闲适盈上心头。

两棵柳树分在视野两侧向河面探出枝条。左手边好像还有针叶树。坐下听一回有声书休闲一下也好。

风柔到你并没感到有风，只是叶子落地刮到什么时的轻微的声音，还有背后石街上脚踏落叶的声音，让你感到你在秋天里。只是没有觉出异地他乡为异客的悸动和不安。

继续有落叶飘零，一片两片地，很柔和，黄中带绿，叶尖部有些红。菱状卵形，压在底下的一两片略显扇形，让人误以为是银杏叶子。我欲起身拾来细辨，才猛然想到这是从哪里飞来的叶子。我的眼前铺着、闪跳着黄中有绿有红的卵形的叶子，绝非幻觉……

确实，细节存在于时空的每个隙缝里，偶然的瞬间，不知哪个会来敲击脑之门窗？

我站起回身时发现，身边这棵树正往下飘叶子，一片，两片……这些叶子点缀了我这个美丽的早上，点缀了我这位过客的心情。

手机识别后才知这是一棵乌桕树。这种树，多年前我在郭风的《夜雁》里读到过，知道它是生长在南方的名贵树种，对于我，是稀有的树。此刻，不知是它伴了我，还是我陪了它。奇怪的是，这楚河岸边，左左右右前前后后，为何独有它——乌桕树？

只一棵，乌桕树！只一棵！

世间物皆有情吗？它跟我有前缘吗？

不必如此！

我为它拍照，算还了这份情意吗？

不必如此！

我把照相机对准它的根部，用手掰了一下断裂开的树皮，树皮很硬！

树皮下的那层蘑菇色泡沫状的一层看上去很软但其实很硬的壳告诉我，这树活了很久了，年龄很大了……

我退后，再退后，依了它，自拍一张。它与过客一起，不，过客与它在这宇宙的瞬间里留下了短暂的永恒。

我要到楚河的对岸去，在对岸的小吃广场端起那碗冰粉时，乌柏的叶子晃着，出现在黄的红的绿的桶碗里。

武汉东湖磨山楚天台钟磬奏梁祝

楚天台。
楚国八百年。
往事逝去的尘灰里，
梦悄悄地保存了一些传说和真实的故事，
有一些东西确实值得歌咏。

湖水澹澹，
无法印出昨天的羞怯和欢颜。
今天的幻觉是梦，
昨天的粼粼波纹永远是东湖的真实。
祝英台让故事走入时间，
梁山伯携带时间兑现寻找。

我相信这美丽的故事就像相信东湖水的清洁，
就像一百有余的天光时空里，
我听到一个女子视频号里的泣血忠贞。
她在复活梁祝，
她的身心如钟磬合鸣，
奏鸣曲单一而凄美。
我，
你，
还有所有的食性男女，
如果此时也来东湖，
攀上石磨山，
在绣女演奏的钟磬之音里听出八百年的楚国文化，
听出上下五千年的儿女情长，
那便是献给爱情的诚挚。

不必叫醒，
无法把她的梦把你的梦塞到什么人的梦里。
不必为什么人做师长说人生如梦。
谁的梦梦的都是自己演绎出来的虚虚假假。

我爱我应该爱的人，
用木槌重重地撞一下编钟，
敲击那素朴的磬，
快点醒哦……

溯流而上

选择溯流而上，
有意，
也是无意。

薄暮时分，
江面变宽，
右岸霓虹灯用它多姿多彩的化身点缀了神秘。
突然，
一抹黑黢黢的东西走入江水。
起初，
像骆驼；
后来，
像起伏不大的山体。

我和什么人一样，
什么人和我一样，
正在伟大的骨髓里研究细微。
我确定他说得对，
未来幽深，
未知恐怖……
长江水在我眼前直流而下，
一头栽进了未知。

我收回目光，
我没有探寻和审判的义务，
也尽量避开莫须有的审判。
右岸是如星星般的灯光，
谁把树木种在了江水里，
一艘神女 3 号从对面驶过来，
踏碎了树的身影。

“有船吗？”
先是一个人喊。
“有船吗？”
“有船吗？”
接着是很多人喊。
喊声和电筒的晃动构成了和谐的交响，
寂寞和快乐调到调不开的程度。

长江黄金 3 号驶进了寂寞，更驶进了快乐，

没人怨它步入之后，
将写在长江上的音符踏碎，
审判过卡夫卡笔下 K 的人也不敢去审判它。
不必恐怖，
沿着幽深的路朝着未来，
选择溯流而上。

幻想，或许是一种靠得住的现实

幻想也是一种现实。

“金翅簪”是一个人幻想的名词。
读过诗体小说《从老牛湾出发》的人一定记住了这个词，
差不多一个部族用名言传承下来愿望。

这里是成都离蜀汉路不远的地方，
——金沙遗址博物馆。
太阳神鸟金饰图举出古蜀国璀璨的文化。
不要说未来幽深，
不要说未知让人恐怖，
往昔，
早已沉睡的几千年往昔，

足够神秘。

“穿越三千年历史迷雾，走进神秘金面王国……”

不要问一米八的象牙图腾是富贵的标志还是最早的交易方式，
更不要说跪坐人像代表了特殊的身份还是在彰显往昔的雕刻艺术，
当然，也不必说蝉形铜器的栩栩如生，
也不必说古蜀国王占卜祭祀所用的精致的卜甲……
简直无法穿越往昔的迷雾。

刹那间，
明白了乔伊斯为何作天书《芬尼根的守灵夜》，
卡夫卡的《审判》令人翻阅十数遍。
人类历史用各种文字记录了很多明白如话又难懂的印迹，
人的心里又有千百种无法让人明了的图表，
谁能用三言两语，
谁又敢标新立异说看明白了一幅字画？

成都金沙遗址太阳神鸟金饰图，
为何那么虚幻，
那么实在有力量？

虽不能从那金面具里看到古蜀国王都的剪影，
虽不能说无论如何也无法认知往昔和未来一点点真迹，
但我敢说，

我们有点狂妄，
有点不知天高地厚！

像古蜀国人那样，
像我们自己本心一样，
踩着生存的鼓点自然地走。

成都遇见美

那是一个早上，我感觉一定要去买感冒药了。那个早上我遇见了美。

我按照人的指引穿过斑马线，左转右拐几回，依然不见，不，依然没找到药店。当我走进一家“超市超有品”的店时，幻想着这“超有”里说不定有我的“无”。在服务员和我不约而同地打招呼又不约而同地摇头笑过之后，我走出了店门，在邻店的门口遇见了一位工装打扮的姑娘正在和人说着什么。

“姑娘，附近有药店吗?”

她的左手向前一指：“直走，左拐，三四百米就有一家卖药的。”

她的声音吸引了我的视线——梳得向下的马尾辫，在深蓝色的西裤裤脚的欲盖未盖处是一双黑色高跟鞋。一个温和而坚定的姑娘站在我面前。

我抱着希望又不抱希望地往前走，也许是下意识的力气不足，要么是在心里确认自己没有力气，一只手掐在腰间。一定是这个细节！

我走出两三分钟的光景，后边传来嗒嗒的细碎的高跟鞋敲击地面的节奏。

“你很不舒服吗？”

我回头，是她，刚才指路的姑娘。

“我陪你去。”

她一直把我送到药店门口，我在那家药店里买到了止咳和退烧的药……

她留给了我离别时的背影，我留给了她我的微信。

我很少感冒，感冒也很少吃药，所以吃上药症状很快减弱。

应该说这是第四次入川，每次入川都有难以忘怀的事。记得，第一次来成都，我坐公交去春熙路吃龙抄手，告诉我路线的人见我走错岔路口便追赶几步纠正……

像这样的事还有几件，这让我常常想起这座城市。有时我便想，成都人好？我的命好？为何常与柔婉温和有礼的人碰面？上苍会在冥冥之中护佑我？

从广汉三星堆展馆走出来，似乎明白了点什么。从三星堆文化里很少见到刀枪剑戟之物，青铜、黄金、象牙、玉石所铸造出的人头像、树木枝条、挂件之类，都标注着唯美。只可惜，我不是考古学家，也不是人类学家、历史学家，无法准确溯源，但我只能说：

成都风水好；成都受到了很好的文化滋养；古蜀国的先人明白人类最喜欢什么，才把最让人喜欢的基因深深孕育其中，成都的人才美好。

至美至善！

致美致善！

有一个梦

有一个长长的梦，
梦把人送进了迷宫。
从梦中醒来，
我的眼前出现三堆黄土，
中间的那堆黄土堆里直立插进去的是一根像箭一样的象牙。
我向土堆方向爬，
顺着基座往上爬……
我要亲手拔下那根一米八长的象牙，
我爬，
土堆长，
我被推倒在地。
梦，醒了……

我重又叠入梦中，
一青铜跪坐的小男孩在我身边：
“明天，我带你去玩耍，好吗？”
我笑了，真的笑了……
我想说待我安闲后，
收拾干净自己再去玩耍。
他没看我，
转回身去，
大声地说：
“戴上这个金面罩，就不用化妆了。”
它把古蜀国的金面罩戴在了我的脸上。

鬼使神差一般，
我沉迷于三星堆博物馆，
青铜器，象牙，金，还有玉……
我看到青铜跪坐、平坐、立着的多个人头像。
我有点不解，
这里没有死人的气息，
这里有风从每个人像的耳朵眼里吹出来，
这里垂下绿丝绦的青铜跪坐人好像夸张地咧开了嘴，
这里的金箔玉粒竟是那样的从容……

我看到了我离开三星堆时我的背影，
两臂上扬，
高声地喊着：
“从纸上拓出来的生活方式，或许给我们带来自然自由的呼吸……”

峨眉山上的雾

爬到峨眉山金顶，去还租用的棉衣。

“近处有酒店吗?”

老板十分热心，告诉了地址，还前走几步指给我看挂牌子的地方，说穿着棉衣明早还。老板的好心肠和自然质朴的语言让我感到暖乎乎的。

时值下午5点30分，因为没有太阳，峨眉山冷飕飕的，有几分凄清。突然间，我犹豫了一下：要不要坐车下山?住在峨眉山顶也是一种不可多得的体验。确实，我也感觉到了累，住下，住在峨眉之巅。

就在低头抬头盘算存留的时候，突然觉得乳白色的漂浮物在不知什么地方向我飘来。就在我加快脚步往前走时，乳白色变得有点灰色调，一直追着我卷卷舒舒地漫过来。雾别跟进来，我下意识地关了酒店的门办理住宿手续去了。

睡前，雾还光临床榻，我好像是吞着雾睡去的。

早晨，我惊呆了！我要去还租来的棉衣，还要到雷洞坪停车场去。可是，我找不到来时的路，我不知道租衣服的摊位在什么方向。比起昨晚来，雾更浓了。三米之外看不到人，只有晃动的轮廓。这时，我听到鸣笛声。

“嘀嘀——”

“嘀嘀——”

大巴车不耐烦地互相催促着。

这是个不拥堵的时间，是雾喷洒得过分缠绵，使行进的车判断着、辨别着、烦躁着。

我记得到这家酒店有一个明显三角形类如栅栏的钢筑物体，我朝那个方向走就行。我站定眯上眼睛，深呼吸几下，再睁开眼睛，有了些许的适应性。汽车可能也有了适应性，蓝色的大巴、黄色的大巴也有了适应性，又鸣叫着缓缓地向前行驶。

我想，再续房回到酒店去？这时，我的身后便有脚步声、说话声、笑声，他们做好了准备去登金顶。我回头看看，彼此看得清神情模样，他们清一色男性，兴奋劲让人多了战胜恐惧的心理。

雾不再呈云状漫卷，一丝丝一缕缕的，像是变得稀薄了。这个时候，我反倒想，如果太阳一下出来倒扫兴，这朦胧在峨眉山金顶漫卷是何等壮观呀！

这时的我已走到对面一排水果摊前了，不由得停住脚步，不是想买水果，是想辨清来时的路。

此时，一个游客模样的人握着一竹竿拐杖顺着台阶往上走，这路应该通往索道，他应该是去登金顶。

水果摊女老板像是微笑着看我，我固执地辨认着昨晚去酒店的路。女老板突然说，你跟他走，走那条台阶路，别走马路，危险……

我敏感地意识到女老板的善意，说不出来的朦朦胧胧，像这雾，只让你有感觉但又说不出。

我还是告别了女老板，到底辨识出我来时的路。“陌生”“时间”“连锁反应”，这几个词语告诉我不能失误，按来时的路往回走。

雾变了颜色，灰，浑。峨眉山被裹在灰浑的雾里，我和我们也被裹在灰浑的雾里。

那个早晨，我记得很清楚，而且还品出了哲学。

总会有雾一样的东西温柔地卷过来遮挡你的视线，来考验你的判断力。其实，也不必刻意去获得判断力，一颗素朴的初心会让你在雾中识得清道路。

为何如此

也许，

它们并不知道这就是不明的未来；

也许，

它们并不知道所有的个性都会受到宇宙空间里独有规律的左右；

也许，

它们并不需要理解辩证关系。

它们在这里，

在大佛的脚下，

开始沉重地呼吸，

潇洒地甩头，

不容思考地在这里呈现新的生命，

汇入了浩浩荡荡的长江。

岷江，

青衣江，
大渡河，
接纳，
包容，
依然自信地蜕变着……
没有喜悦，
也没有悲伤，
在飞沫的破碎中永远保存宇宙中的属于生命的个体。
它们，
依然叫着自己的名字：
岷江，
青衣江，
大渡河。

没有失去，
更没有获得，
世上有的是不断的改变。
世上没有你，
没有我，
也没有他。

讲不完的故事

也许，最初，
并没有看到山，
和山的肌肤。
只看见树，
一棵树叠着一棵树，
像空中一枚星辰读着一枚星辰。
像看自己那样看别人。
彼此并没有在意，
也是没办法在意，
在未来的成长故事里，
只有它们肩背上、头顶上的一排树……

也许，最初，
它们并不明白这里有不同的季节，不同的温湿，不同的高度；

也许，最初，
它们并不知道这里有无法描述的更多、更有深蕴的故事；
也许，最初，
它们并不懂得自己只是为了观赏美景，而忘了大地的悲凉；
也许，
它们并没有想过超越对诗句的推敲。
它们就那样存在着，
就那样混迹于未知的恐惧中。

为了忘记悲凉，
为了根本就不认识什么为岁月的哀凄，
为了扼杀梦境和死别分离，
为了赏月，也为了听雨，
我选择了甲天下的秀美。
没想到，
在这里依然听到了故事，
《樱桃花前》的故事，
书中的陆柏一没有死。
原来，她女儿的猜测变成了现实，
我想把电话拨给大连美院的陆小琳，
让她赶紧来见她的父亲……

峨眉山给了我诗句，
我塞给了峨眉山以虚幻。
缭绕的香烟，
巍峨的殿宇，
都无法遮掩这被树叠起来的山岚里藏着的风流。

我拥有了我自己

从秦堰楼走下来，尽量从容地走过悬吊而微晃的人行桥，挤进都江堰的腹地——“鱼嘴”，想象着它吞吐岷江水的气势。

我努力地抛弃我的想象和写意，在一处木板长椅上坐了下来，任眼前该发生的发生着。看，听，确实，这里游人如织，人声鼎沸。

站起来往前走时，我盯着几米见方的“闸”字，心悸动起来，我的眼前就是庞大的控制水量的外江闸。我转身用手机录了一遍。其间，我努力控制心和运动系统的平衡，走得很慢。

想找到头，想找到边，这是属于我的一种心理习惯。

顺着外江闸走到了尽头。不那么热闹了，这里只有几个游人。轻松喜悦感溢出来，便回身右行走过都江堰灌区沙黑总河漏沙堰闸，这条所谓沙黑总河与都江堰外江之间是条笔直的坝。坝上有游人，两侧围栏前偶有拍照的。

受潜意识的驱动，我愉快地往前走，爬峨眉山时弄得僵硬的膝盖一下变得柔软灵动起来。就那样，我一直往前走，左前方是一片松樟模样的树木蔚然成林，往里探求不尽，靠坝边的是飘零累积的落叶和些许碎纸，抛撒着与岷江水毫不相干的红尘痕迹，三五个扎了头巾的妇女用扫帚轻一下慢一下地往树木深处扫着，等我走出很远很远被银白色的门挡住去路而回过头时：

那几个扫垃圾的妇女不见了，

漏沙堰闸和其对面拍照的人不见了，

从外江闸与大坝呈丁字形的坝上一个人也没有了……

只有沙黑总河从闸门缝隙喷出又一头叠进浪头里的笑声，

只是都江堰外河悲伤的呜咽，

还有聚集都江堰腹地——“鱼嘴”处游人的呼唤声，

更有“五寸照片十元一张”的生意人单调又热情的叫吵声……

我双眼微闭，又睁开。

望着江河两岸，望着目之所及如烟如雾的远山，我溢出泪水。

我不知道，是什么人让我拥有奔流不息的岷江水；

我不知道，是什么力量用无形的闸门阻住人流，让我独处安享于此。

岷江四六分水，二八排沙，护佑着都江堰两岸的黎民子孙。

我有一种独处不感孤独、处闹声鼎沸绝无喧嚣之躁的感觉。

难道人间有仙境？

大江之上，峻岭之怀，我一个人在此，四十分钟不止……

顿觉富足殷实，顿觉喜悦宁静，独而不孤，我拥有了我自己。

隔岸观钓

在向漏沙堰闸方向前行的时候，我看见一个人在沙黑河的北岸沿着坝石躬身下行。

影像微茫，却完全吸引住了我。我从思维世界里走了出来。

走下小半路，那人坐了下来，把一个直口的大大的兜子放在石坡上，从里面掏拣着拽出了一个小包，包斜系在腰间，然后伸展一鱼竿，摆弄一团鱼线，斜着身子，眼睛盯着脚下的路，一步一步地往下走……

到这浪涛滚滚的江河上垂钓？技艺高超者在练高超的技艺，还是在跟一种莫须有的想法较量？怎么也不会跟自己开这种玩笑。估摸垂钓者六七十岁矣！

他能不能钓到鱼，我无法知道，但我知道，他钓起了我的兴趣！

接近岸底时，他扬起钓竿，抖了抖，将一个白色线团握在手上，然后放于腰间包内，又将右手线竿徐徐落下，两只手在鱼线上鼓捣了一会儿，拴鱼饵什么的，看不清楚。但做的是最后的垂钓准备，确定无疑。

毋庸置疑——此人垂钓者也！

我观察的专注与他垂钓的专注一样，我打开手机开始记录他的每一个动作……

他两脚站在窄窄的岸边的高出岸底的一条水泥砌成的沿上，把线使劲一抖抛于水中，右手将竿扬起来，像是挑直了线，鱼饵沉下水面，他的左手匀速地展放线团……

哦，哈，好棒！我为他叫好，我希望能看见他把一条大鱼拖出水面……不过，我没有喊出声，他也没有向我频频摆手，警告我别惊动咬了钩的鱼。但我确定，他看见了我隔江在看他垂钓。

有意思，专注，太专注了，会引起另一种专注。

鱼线放下多深了？我的心提起，盯着。见他右手挑竿，左手慢慢摇动鱼线，然后右手落竿，左手或松或紧地摇线，接着右手挑竿，然后右手擎住，左手放线。然后，见他拉着竿向东移走，侧身斜向摆动竿，擎住竿缓缓前行……

此刻，钓者更专注，还是观者更专注，应该没人清楚，也没法清楚。他靠近闸门，然后逆方向擎竿摇线，沉默，肩微倾。

与鱼对话吗？

他朝来时路挪走，没挑竿没摇线。

我的眼睛有些酸了，他摇动线团依然是常态动作。

应该不会错，中间他应该会起钩收线，挑起一次鱼竿，没有钓上鱼。

或者说，失败过一次；

或者说，失败过不止一次。

什么时候都是观察者、看热闹者先失去兴趣。我离开时，垂钓者兴致如常，行为如常——他依然在垂钓着……

他为什么垂钓？

他为什么在滔滔江河上垂钓？

为了鱼？

如果不为了鱼为了什么？

可能只有他自己才知道，但又未必说得清楚！

我隔岸观钓为了什么？

也许，

一样！

我知道，但又一下子说不清楚！

想钓到最大的一条鱼，

确信自己能钓到一条大的甚至比人大的鱼，

或许不仅仅如此！

或许相信世上有真意！

或许为了垂钓他用尽了几乎所有的心思！

现在的他，在垂钓自己吗？

川西竹海

终于，奔向川西竹海。仿佛，找到了故乡。

当你看到路的两边青竹倾心低头相吻，搭起拱形的绿色的棚，当你不知道该不该从廊下穿过时，你便已经置身川西身临竹海了。

原以为，大片的竹长在平坦的塬上，簇簇相连，叶叶相依，可你哪里会想到竹也可环山成林向山岩处延伸。我来不及担心攀越来越陡的台阶的劳顿，只是望着那几根几十根乃至上百根成簇成堆的竹不知如何亲近才好。竹，绿得新鲜，青翠得不真实，节节成韵，竿竿挺拔。确实，作为生命，活得干净，干净得一尘不染，不论是苦竹还是斑竹，它只管悄悄向上，把叶子顶在头上，成长的过程不留下丝毫的招摇，直到最顶端，才展枝放叶，对着云影天光做一次礼貌的问询。我忍不住想，竹从笋到竿裂壳爆皮的过程有没有疼痛，藏没藏过寂寥之心呢！

我险些跌下石阶！

有时候，人的心太不单一了！

我沿着展在眼前向竹海深处的石阶路往前走。由于喜欢便生出奢念希望山林中没有他物，希望竹一棵挨着一棵，一簇挤着一簇……

对于竹，

认知，

追随，

探究，

很久很久，

在我还没见过竹之面容时就喜欢了。

红楼大观园里的森森凤尾。

十二钗中林黛玉清洁入骨。

初长成时就喜竹，就对竹如痴如醉了。只可惜，我几次入川偶见竹，并未入竹之海洋。今天，终于到了川西竹海。

石阶路不宽，我一人穿过涧上短桥，歪歪斜斜地独穿过去，在左边一把有些残裂陈旧的椅上抢先坐下，把手机录音声量放大，容我一人留身一小时。

湿气很浓，林中阴郁感很强。我被三堆竹围堵中间。盯着眼前的一堆竹，眼睛落在一棵包了笋壳的笋上，笋生长之韵耐人寻味，未长成的笋可以做盘中肴，娇嫩模样自珍自藏。

我想着竹之外的丝丝缕缕，山风刮过，“叭”的一声，大大的棕黄色的竹壳从高处掉了下来，露出一节黄青色的竹节。我嗅出成熟生命的羞涩，并无从知晓它一路走来坚忍的滋味。

其实，只是为喜欢而来，初来时并没有任何想法，绝对不想知晓竹之美妙、竹之韵味及其他多余念头。

是的，我知道我实在太喜欢竹了，弄一簇植于庭院，但湿度、温度还有其他生长条件不适宜，我没有养活过任何一棵竹……

情不自禁，确实情不自禁。我走近那大片青竹，用手抚摸，用眼睛细虑。风，不知是不是风；弦，不知为何种琴瑟之弦。风动弦动，这一簇那一片竹轻轻摆动，我的心弦也在弹拨，我倚住竹身，眯起眼睛，和竹子做了最亲近的接触……

不知什么时候，我身心位置移动。等我睁开眼睛时，我竟在那片竹子里面了，原来我填补于两棵青竹裂开的缝隙里。

望江楼识竹

因为竹，
因为川西竹，
来望江楼。

髯毛箬竹，
黄皮绿竹，
尖头青竹……
更喜欢，
芽竹，
斑苦竹，
斑竹……

望江楼，

看竹，
识竹，
写竹。

生命有符号？
心灵有代码？
当生物进化到人的时候，
就出现了乖僻又虚幻的举措。

竹影里唱花戏的腔调哀婉，
竹竿莅临，妙龄古今相宜的玄妙，
送梦玉林路，
醉醒小酒馆。

来玉林路小酒馆一坐

这里属于为心灵按摩的角落。
青年人，
中年人，
老年人。
一盏酒，
一杯咖啡，
还有宁静的心绪。

分不清得意和落寞，
也不必显现灯红酒绿的狂躁，
也许，都有故事，
也许，少不了好奇凑趣，
也许，只为陌生，

也许，这里，
可以释去愁绪，不再记得委屈。
也许，教你在心灵的一隅为自己设置一个小酒馆，
供心灵坐坐。

宁静得忘记了世界，
自然得分不清哭和笑。

对未来未知的恐惧

其实，我想去四川广元，我想去看看当年被英雄被诗圣走过的蜀道。为了体验还是为了效仿？说不准确，有了高铁、飞机等现代交通工具，倒也无险可言了。作为曾向往曾极赞的历史痕迹又无以替代无法说清楚，只是心里萌生的久不改色的念头至少说明它存在的真实性。有时候，人没必要跟自己过不去，想做就做，想去就去吧。

就这样确定了，去广元，去剑门关，去看一看、去走一走蜀道。

在网上做功课，自己做，也找别人帮助做。越做功课，想法越多，犹疑之心明显起来……

九百米的栈道窄到三十厘米，且要蹲着过去。当然，也不算什么，我们走的路多了，蹲着走的时候又不是没经历过。可是，毕竟是过去时了。现在，要走窄到令人发指的险路，不惧不恐是不现实的！

放弃这个想法吧！

一次想了不做的经历，没啥，也是一种经历！一整天不得安宁……

感谢玉林路小酒馆，坐到高高的木椅上，双肘按在吧台上，有心没心地端起那杯二十五元买来的一小杯咖啡，心一下子舒松起来。对面两个二十多岁的小伙子和我说话，其中一个叫邱昊的告诉我他已走遍了三分之二个中国……不是故意，我沉默了。征服世界的年轻人值得认同，他们用自己独有的方式在读书在做事在面对世界，他们存在得真实。

我决定去广元，我决定去蜀道！

我准备做的，告诉家人在我去蜀道期间保持电话联系……好恐怖！

不必如此去面对未知的明天。也许，对于不同的人、不同人的不同时期，永远有不能预料的未来。也正因如此，人才有理由继续存在，才存在得津津乐道……

你不比任何人勇敢，也不比任何人懦弱，凡事不过如此。该想该做的，去想去做就是了，不想不做有不想不做的理由。就在我演绎这个思想过程的时候，收到小酒馆喝咖啡时遇见的小伙子的微信，他们又启程了……

好吧，明天我启程——去广元，去蜀道！

我去了剑门

“去不去?”

生命中每遇这种选择的时候，我的想法是“去”!

这是剑门蜀道之后不容含糊的收获。

从剑门关站下来是不一样的感觉:

锋利，强刺激——动车站北侧往外凸起的一排铅灰色的雕塑式图腾式的装饰墙……与众不同，无色彩，不留情面，荒无人烟的状态。

来对了，我来对了!

往剑门关隘急驰的路上，掠进记忆的是带芒刺的青黑色的远山和毫不调和的山峰峥嵘的姿态，还有不能不记住的一个又一个的“豆腐宴”的牌匾。

抢走我视觉的且不容有一丝错觉的是高高悬起的“天险剑门”

的旗帜，还有环绕而去的猎猎生威的大“汉”旌旗。

我是一个将士吗？从峨眉山、乐山下来两膝肿痛的感觉被这似乎伴有鼓声的弥漫着豪气的历史氛围抹掉了。此刻，我似乎用新的纪年法改写了身份证的年龄，下了索道便攀台阶直奔“鸟道”而去，虽不都是三十厘米的宽度，但只能一个人一个人地前行，如果停下来要影响全山人。给自己解释一下，机票在手、距离川只剩一天时间的我，只能让出道来去找诸葛亮的关楼。

当我离关楼越来越近的时候，走在那摇晃不止的吊桥上的时候，我还在为自己未能走完鸟道而脸红而抬不起头来。说老实话，桥摇得很厉害，桥两头的人在增多，这个时候，我才认识到除了自己不可能有外人能帮得上你。吊桥的摇晃已经进入它独有的状态，人越多摇得越厉害，心越怕越惶恐乃至生出旋转迷幻之感。此刻，我忘记了步态优雅，两脚横跨，宽度超过两肩，几乎将把一切化为零的话说出声吟成小调，对着关楼而面带微笑地平衡生命本身就有的动能，向前……其实，连向前的意识也没有，只有微笑，只有向前；其实，连剑门，连世界，连呼喊着的人的概念也没有了……不存在写意，是一种特定情况的写实心理：路上的事太客观，存在着的情况太真实，不是没人帮，不是不能帮，帮不了，没法帮，因为从母腹中走出来，你就是另一个人了……你是谁就有谁的活法，你想怎么活就活成什么样子……走在关楼的吊桥上，我怕极了，爱我的人也不能背我过桥，越走近越搀扶，越晃越摇越恐慌……存在本身有不可改变的规律，客观太无情，我们的能力都太有限……

现在的我，决定光临天险剑门。做了思想斗争，实属不易，写在纸上，说给有缘人，也是责任，也是爱。

“翠云绿廊”，说是一段古蜀道。我是买回成都的火车票之后去翠云廊的，是坡路，有台阶，不陡，延及两侧林深不知路，头上荫浓如梦，是个好去处。只是两膝持续性疼痛，即使平缓路段，腿也有刺激性痛楚，蜀地山多路窄，在峨眉山、乐山连续爬山的我已经到了无法逞能的时候了。当然，也得感谢这次的逞一时之能，我不知还能不能再入川。我走完了这段古蜀道，看到了“张飞柏”，对着那条大概几千年树龄、露根也毫无鄙陋之嫌、昂扬着头脸、裸露着胸怀的巨柏，刘备、张飞、关云长扎根蜀地的结义情怀绵缠而来，人形神貌伴随着伟业宏图都在移动的肩前臂旁若隐若现……

这段古蜀道走对了！

这些豪迈得不容错过的巨柏跟我结了缘！

疼痛是必付的代价，身有其自愈的路径。

“去不去？”这一刹那间的选择，让我抚触了历史的痕迹，让我未解剖任何身体的脏腑器官就录制了心灵深处的真实。生命本是可以很美妙很辉煌的，不必多有幽怨，不必常常责怪命运之不公。若身临剑门之险走蜀道之难，你就会说，一经与母腹脱离，就会有你不知道的险，就有了只属于你自己的蜀道之难，无一例外！

彭镇老茶馆

有人不止一次地叮嘱我好好关注一下成都的茶馆，那里有一种文化。记得十年前入川，一位叫李梅的老师曾带我去成都人民公园，请一位茶庄的周师傅教我使用长嘴铜壶弓步高调满茶，这是我初识茶文化。这一次也去人民公园，随满园大片茶客听川戏、看变脸、尽兴品茶，我心里一直犯嘀咕：茶馆在哪里？按北方人的认知习惯，坐于一间雅致的馆堂之内，三五个朋友熟聊慢饮，方能品出茶的味道……

在川停留的最后几天里，我仍不忘查寻真正的茶馆。于是，我在起身之前，终于去了双流彭镇去寻百年老茶馆。

下车入丁字路，按标识又拍照又录制一个来回，只见二十多米长、三四米宽的长街摆满了陈旧木桌，破损竹椅上坐满了茶客。抽样问询一番，发现他们多为成都之外的客人。我不死心，又把左手路边的出长檐的旧房馆按顺序排查了一遍，终于看见了屋柱上挂毛主席照片的一家茶馆。经核实，这就是彭镇百年老茶馆，街面上当街闲坐不少于三百位茶客的排场该属他们一家。

那张挂了毛主席照片的一面坐了位九十多岁的老先生，长烟袋放于桌上，一把扇子半开半合地置于合盖瓷碗边上，那种有修养的状态让人以为他就是这家百年店的创始人。于是我便找话题攀谈，怎奈满怀热忱的老者一口老四川话，我一句也听不明白，但觉老人家仙风道骨。我和老人家合影之后往外走，才觉房屋地面坑洼不平。寒酸简陋之状不减茶客雅兴吗？屋满街满又有什么奥妙？引人深思……

进屋饮茶拍照仅十元，没见有什么周到服务，只有几个负责送茶提壶的员工，房屋原始、简陋自不必说，只觉得这是一片安逸、温暖的园地，这片茶街属于每一个来到这里的人。对于经营者，消费者来和没来、在和不在一样，茶客付十元和没付一样……

在这里，觉不出服务的档次，也感觉不到高雅和粗鄙的区分，只是南来北往的游客络绎不绝，经营者不牟暴利，然财源滚滚没问题……

服务自然，不欺不诈，来的都是客，来的都是主儿，桌前一坐，茶杯一端，蓝天白云之下，如在自家田园一般……

一种理念，一种思维方式，本身就是一种生产力！

服务他人，方便他人，真的服务了自己。

彭镇茶馆，再顾玉林路的小酒馆，让人喜欢，引人思考……

世界在变，脑子在变，套路在变，不变不行，不变不新，不新就没有存在的理由。

转机济南

转机济南，这里是遥墙机场。

落地便是宇宙空间。

生活属于你，越简单越好；

赚钱看你的心智，为客户想得越多，让他们付出得越少越好；

做官看你的能量格局，为大众谋福利之心越能满足大众之欲越好；

做艺术创作看你的灵性和纯度，越质朴越空越好……

不应该说这是多余的蠢话！

插空享受闲暇才知道，

由于太想聪明了，

总觉得聪明得不够，

日夜不停地往最聪明的人头顶上爬；
由于没想自以为是就已经自以为是了，
由于那么多的不认同，
由于为你的目标投了太多成本而积重难返，
由于把追求的快乐和满足看得虚化了，
所以，和真相失之交臂。

从双流机场到遥墙机场不过两个小时，
在玉林路小酒馆喝过的不过是一杯酒，
在彭镇茶馆当街举着的不过是一杯茶，
红火了南来北往，
浪漫了男女老少。

你看，
遥墙机场 15 号登机口前候机的过客，
几个翁妪正群聚坐在地上甩“扑克”……
自娱美妙，
真实了自己，
润泽了生活。

一段路程

比应该有的路程要短，
比真实的路程要长。
崎岖，谈不上；
险要，不知道算不算。
经过了，
是我的路程的一段，
真实的一段路程。

河流，
漫长的任什么人也抹不去姓名的一段河流，
或急或缓，有歌声有呜咽日日夜夜不改色的河流，
有浑浊有清澈有檄文有诗，也有画的一段河流，
属于我生命的一条河流。

那是我们的生命，

那是我们的诗，

那是我们无法枯竭的生命，

让我无法不爱的生命。

夜里，黄金号激起的豪迈，

清晨，小三峡把雾染绿的娇媚和刷去浅薄的风流，

阳光里，船只升降时闸门的自在，

五线谱里，谱写的旋律完全不在乎人类和人类文化留给它的目光，

那是一段天给的歌。

虽然，走得拙劣，

虽然走得绊绊磕磕，

但那确实为一段路程，真实的路程。

我们需要这段路程。

山川，

与喜马拉雅不能比状貌，

印满历史纹路的诸葛关楼，

跟浪漫张扬的李白有血脉之亲的鸟道，

难于上青天的猿猱之壁……

任何一个地球人出生都要走的人生之路未知的险象在此……

赏尽西川竹，

品来望江楼，

彭镇茶楼、玉林酒馆、川戏变脸，

看真实的景，
想历史的事，
玩味知与不知的宇宙各现象。
一段路程，
一段真实的路程，
一段我们独有的路程。

阅读生命

成都，
玉林西路。
在这里，
听路边一歌手用歌声阅读城市，
引我用魔幻阅读生命。

傍晚，
玉林路的灯光愈发柔婉，
那个十字路口街角的暗淡的灯光有着特殊的吸引力，
“来玉林阅读成都”，
这不是广告，
这是悠扬的歌声。
比卡拉扬音乐厅的歌声还要有吸引力。

我和他一起逐渐卷入迷网，
也许有什么人用什么力量凑了些什么符号重新组合。
我在玉林路上流浪，
他在街角的朦胧中歌唱，
我们向命运举起顺从的手。
无论路过的人怎么猜测怎么推理，
无所谓粗俗更无所谓高雅，
我们是这一片土地的子民。
夜空中的星正深情地瞅着我们，
游动着的魂灵将我们簇拥，
鼓励我们唱出医治寂寞的歌。

那歌手没注意我顶礼膜拜时愚蠢的微笑，
我却以为他歌唱时的自在是对我的鼓励。
谁也没有资格说街头闲唱的他无所作为，
我永远都不能让人说我没有智慧。
我忍不住从兜里掏出无线麦克，
在他那显示歌词的报幕板前晃了又晃，
我不知道看到新歌词的是歌手还是路人。

我大声地唱起来，
请记住，到处都是歌唱者的舞台！

下雪了？

梦依西川竹，
是吗？
是哦，
竹壳落于青竹间……

帘动梦未醒，
雪在前世笑。
不用遮蔽，
丫杈间，
绿着黄着的叶荫间，
卧着雪。
是雪吗？
是雪哦……

溯流而上，
迷了津度哦。
不是月，
是雪……

由于这是一棵树

由于这是一棵树，
我没办法不认为这是一棵树。
由于它的形貌不完全是一棵树，
我可以有目之所及的判断，
可我还认为它是一棵树。
肯定，
我不是一只猫，
不是一条小狗，
所以我的精神是卑微的，
我认为它是一棵树。

由于某个瞬间，
由于抬起头的某一个瞬间，

我看见了花，
正在绽放的花，
突然绽放的花。
也许，
不，
一定会凋零的花，
不复存在的花，
我想我应该把它描摹成花状、绘成花貌，
那是一种变了形的真实，
更美的真实，
由于我的精神的卑微。
不是故意，
不是因为真实，
因为长在里边的真实，
变成了根，
雕成了根的秋千，
我没办法不认为它是一棵树。

冰清玉洁的花，
姿态婀娜的花，
风流妖艳的花，
没法向你们道歉，
你们是一棵树。

有一种爱

有那么一种来自生命体深处的呼唤，
有那么一种从金沙遗址里挖掘出来的瞅着我问我是谁的一张脸，
有那么一种我从没见过的陌生的朦胧。
质朴的坦诚，
最初像默不作声但却有微笑送出的早就熟悉的问候和赞美。
好像，
她在南国等了我好久；
好像，
这个北疆的流浪者早已在梦幻中见了多次。
指纹间推动的书本，
没有触碰却早已翻动的书页，
她们互相交换的是有温度的矩形的语言，
她们用不知道什么叫作欣赏的欣赏隐隐约约地送去温暖的目光。

有一种爱，
叫作来自生命体深处的呼唤。

有一种爱，
从不吝啬从梦中推来微笑；
有一种爱，
从不拒绝使用玫瑰色的语言；
有一种爱，
让我看到了自己的脸。
在那个我第一次走进的宇宙空间里，
在那个下午时分，
我知道了什么是爱，
我更知道自己是谁。

抑制不住地想做

其实，
某个日子，
某个时间临近。
我充满了紧张，
从前充满了苦累，
当然还有忍不住的喜欢。

现在，
确定点说，
没有忘怀，
不，是没有割舍的喜欢。
尽管那是些劳苦，
尽管那是些被界定为劳苦，也接近简单的重复，但我不能忘怀。

说实在话，
我早已在能够摆脱诱惑的大门口徘徊了，
我甚至听到了卡夫卡的警告声：
别往里面看，
这是法的大门，
走远点，
跟你没关系。
我明白，
我想放下而且一点不为放下而可惜。
可惜，
不争气的心，
端来了铜盆却不洗手。
这个东西好，
刚烤的面包，
刷上一层黄油的面包金黄有香味，
让我为你们再刷一个。
那一道工序就在确定的时空等你。
现在，
那段时空在了，
充满了喜欢，
更充满了紧张。

雪 竹

我是我自己，
但我根本没有自己，
字里行间溢出的是谁的情绪，
是石鸽子的咕咕声。

竹林深处飘雪，
雪地里到处都是绿色的足迹，
混乱的不是思维，
心灵的岩缝里往外挤着梅花瓣。

如 果

如果你突然看到融化的白雪上有一层大地色的斑点，
那是飞机舷窗上看到的脚下的纤白的云。
云是有形状的，
变幻着形状，
莫测，
很美。

很美，
不要说那是入梦前的象征。
宇宙间的一切在继续，
游移的太阳已经转了很远，
心里难于宁静，
让铁和泥土的现实变成慈悲的花园。
紧闭眼帘不是为了拂拭黎明。

也 许

也许，

这个世界并没有什么可以索取的；

也许，

奢望者因为蒙蔽了自己才无法认知世界所呈现的均为假象；

也许，

因为机缘还不够，没让我们相信灵魂本来就是孤独的。

如果，

有机会让我们爱人并需要付出点什么；

如果，

不知从什么地方降下因由，让我们受磨砺或委屈；

如果，

我们总是感到能力、才华、智慧跟不上脚步的速度；

如果……

那么，
我们去幼稚园，
我们回到之初，
呱呱坠地。

草原氏族情

刘孔四代孙寻根拜祖聚会

先人，
他曾有过辉煌的时刻，
一路漂泊奔突，
在这辽阔的内蒙古高原扎下氏族的帐篷，
繁衍子孙，
建立功业。
也许光阴想抹平无所谓的日子，
也许未来让人遗忘已经算不了什么的日子，
也许不提起却已逐渐地被梦幻埋藏的遗忘，
也许没人刻意地去祭祀去崇拜那伟大的先人。
然而历史已然有不衰老的记忆，
宇宙的时空无法荒芜。
先人，

一个叫刘孔的先祖，
没有人能够忘却，
他的子孙们已经知道已经了解，
那些在氏族中流传的让人忘不了的日子。

他将木桩楔入田垄，
他将目光投向山巅，
他将心愿植进林间，
对着滔滔东去的老哈河画着未来的图画，
在梦中一遍一遍地描摹着子孙的辉煌。
在一个被夕阳染红的下午，
在一个让霞光拍摄的多彩的洗过河流的叫作“小河沿”的地方，
猫腰弓背，捡拾着，
一朵一朵地捡拾着，
捡拾着古代帝王遗留路边的荷花，
永远洁美的眨着眼睛叙述盛衰的荷花……

我的先人，
我们只能沿着浪漫留下的痕迹展开丰富的联想，
在各种挫折、喧闹、冲动的瞬间。
您遗落了您的一支后人子孙，
他们奔向远方，
在辽阔的锡林郭勒草原落脚，
血脉传承，
学习你开疆拓土，
源源不断的氏族文化，

不忘记您在史册上留下的一页又一页的辉煌……

老哈河畔，
有一个叫小河沿的古镇，
有一个叫白庙子的村庄。
西沉的太阳再次啜饮老哈河水，
闻到谷禾的香味，
一支不算大的队伍，
背负着族人半个多世纪的愿望，
问询着找寻着打听着曾经遗落的故乡。
散落于锡林郭勒的一支，
刘孔四代孙前来寻根拜祖……

他的子孙写下这样的诗行，
古老而绵长的声音沿用古老的血统传入他的耳旁：
今天，
我们找回了怀抱，
聚集在您的身旁，
往日的笑声哭声都是一段光荣的记忆，
这里，老哈河畔白庙子——永不凋零的村落，
地图册集里的一个地点，
血统的高贵，
氏族的淳厚，
传承的永恒，
忠孝诚义勇仁的文化，
这个氏族部落，

借此宣言，

跟随先人一页一页，

日日月月年年一笔一画地写起。

草原氏族情

一

锡林郭勒，
平顶山。
有个叫根尘的人在这座山上，
他是我的叔叔，
一个被祖先遗落很久的叔叔，
我们寻找了好多年。

我们正站在海底，
右边是连绵的海岸线。
如果说那是山，
山顶已被人削平。

我久久地望着远处，
那是从未来偷回的往事。
在心里，
我疯狂地叙述。
其实，
我并没有看见深远的草原，
我试着踩踏锡林河上的漫水桥，
黄的绿的苔藓，
搭不住脚，
滑倒是随时的事。
我想走到桥的那一边，
找一个安全的地方下到水里去，
在冰冷冷的水里环顾草原向天际延伸。

可是，
我只坐在桥中间的水泥界碑石上，
脱光了脚，
让水从河的这一边漫过我的脚背，
流到河的那一边去。
其实，
我已经在河里，
没有滑倒，
没有苦痛。
只有孤独，
没有忘乎所以。
幻象里没有古老的回声，

只有我和我的族人们在一起，
默默地静候着连一丝风都没有的草原。

二

偶然，
幻象？
奇奇怪怪的真实就这样存在着。
停在路边的面包车，
一面的车门被拉开，
对面车窗也开着，
穿堂风吹过，
坐在靠门的车座上的我，
听到苍蝇杂乱的嗡嗡声，
我“突然想到为这荒凉的时刻写一首小诗”，
一头绘着黄白花的牛从车门前走过，
它是放慢了脚步，
还是有心停下来？
它停了下来，
尾巴，
轻轻地摇了摇，
很深情地望了望守在车门旁的我，
低头啃了一下地上的草，
哞哞地叫了两声便离去了。
抬头时，
见那片水草肥美的草地上，

有很多牛散迹于此。
看车的我向后面张望,
等着赶上来的族人。

我们向盛开着小黄花的地方走,
向着牛群密集也散乱的坡地走。
突然,
有水洼在草丛中闪过,
积累而来却不多的水,
渗漏又没完全消失的水,
当地人叫它“泡子”。

广袤的土地上连一个完整的印象都不可能为什么人留下,
一个个体的人过于渺小,
有时生活的主题又过于狭隘,
可这片没有挡眼儿的广袤的草原上,
这牛群散迹的肥美的水草中的一片水域却有一个族人的名字在那里流淌,
镌刻在草原人民的遗忘的记忆里。
——“刘振云泡子。”
也许我有造梦的习惯,
要么是我无法荡去源远流长的虚妄,
又为岁月增加新的迷宫。
我把和我相聚的族人当作乐器,
在阳光残酷的上午为未来的莫名的飞禽留下歌唱:
今天,2023 年 7 月 29 日,

我们在锡林郭勒草原的“刘振云泡子”前，
造一座新的迷宫，
让以族中先人命名的“刘振云泡子”成为一个新的遗忘的回忆。

杀　羊

根尘叔叔的牧场。

一个不到一米见方的笼子，一只黑眼圈白身子的羯羊站在里面。

它在想什么？命运如何？它的敏感告诉它将要发生什么？也许，它并没有什么敏感度，也许它和人一样在死之前还有些许侥幸。

为了生存，人要吃动物。今天，人并不是为了生存而吃这只羊。现在，人们几乎是怀着过年过节一样雀跃的心情，散游在蒙古包前后，看着栅栏里的那只羊，有一个人还扛起了录像机，镜头对准了那只有些傻气的羊。

如果说人类应该学会做一门忏悔的功课的话，今天，我应该忏悔，我是刽子手。为了一个在心里呼喊挣扎了若干回的氏族中的女儿要回娘家，根尘叔叔才有了这场轰轰烈烈的宰羊的壮举，与他日不同的壮举。

我站在羊的身边，靠羊头的一边，看宰羊的过程。我不知目睹一个生命结束的惨烈细节，我忏悔的意义有多大。如果不是为了我，会杀它吗？会，但这个生命走向终点不是今天，不是现在。

见这只羊将变成手把肉，快乐的不是吃本身，应该是对精神世界的慰藉。

如果你能阻挡这次发生在你眼前的屠杀，你会阻止吗？

答案并不决绝。你想的只是吃不完存冻起来。虽然，我做过阻止，然而听说根尘叔叔要亲手宰大羯羊迎接我，电话那一边的雀跃心情我是不能忘怀甚至不用刻意描绘就能想到的。

根尘叔叔和一个小伙子将这只羊扳倒在地时，我的心紧缩了一下，忏悔功课真的开始了。也就在这时，我直视我的心理，直视人性隐藏很深的一隅。虚妄，绞扯，各种客观摆在眼前的各种不可理喻不可调控的心灵世界的现象有时让人难以面对。

不用怀疑，我的精神世界得到了安慰，得到了欢乐。其实，某人的某种心灵享受有时可能建立在某种“为难”别的生命的基础上。

一时间，我不知该如何挽回应该挽回的不恰当，在这只大羯羊生死存亡的危急关头，我的心依然对心灵的差错不依不饶，无法放过自己一回。我重又思考那个摇摇欲坠的关于四合院的遗忘的回忆。

我并没有想到我会有这样的忏悔。

根尘叔叔在经历了沧桑世事之后，那种孩童般的英雄气概不经意间保存了下来，而我，一直生活在埋下一枚树叶想让它长成参天大树的幻想中，随着日月的加深，我还想再无知幼稚一些。这样做，对还是错？这次这只大羯羊因我而被杀引发的一段心路历程，让我认识到我心灵一隅的无解之题。

眼泪泡在心里，幼稚园的老师也无法辅导我的心理，我只能呆呆地看着倒在地上的羊和那把很短的尖刀。

以前，我看见家里杀羊是把羊摆在案板上的，这一次完全不同了。羊倒在地上，四腿朝天。根尘叔叔手中的小尖刀从羊的前胸处划了一刀，随着手便伸进脏腑，往外一拽，心脏动脉出来了，那只羯羊闭上了眼睛。

没有“咩咩”，没有挣扎，俊美的羯羊就停止了生命，永远地停止了生命。

“别无他，只不过手熟耳!”

我看了看根尘叔叔，光光的脑袋上沁了一层密密的汗珠，脸上洋溢着幸福的笑容。我呢，心脏的位置往上提，哭不像哭、笑不像笑的表情并没人在意，也用不着在意。

羊变成了羊尸。

开膛。

掏肺。

从腹腔里往外舀羊血，灌羊肠时用。

羊的躯体被挂在一小车的钩子上，解羊剔骨。

根尘叔叔听说我喜欢羊头，当场收拾干净羊头，扔到草地上的大铁锅里去煮……

煮肉，摆桌，开席，老的少的，围桌的，从盆里拽了一块肋骨或一块后腿。人们找到喜欢的部位，桌上，桌下，小木凳，蒙古包里，蒙古包外，坐着的，站着的，吃手把肉的样子很真实。

爱吃手把肉的我做出努力吃手把肉的样子，我想让根尘叔叔看见我吃得很多，吃得很香，吃得开心……

我吃了最窄最小的一根羊排，吃了一小截血肠，心肌处应该有新添的纹路，如果有一把小尖刀挑开我的胸骨，看一看我的心……

根尘叔叔又去煮第二锅肉的时候，手机视频号弹跳出来，我离开大吃着的食客们，一个人坐在离车离大锅很远的草地上，点开了比根尘叔叔还小的一位叔叔的视频，然后关了手机望着草原深处发呆。

有一位也叫二叔的人，开了白色的长一点的车，我和几个小孩子离开吃手把肉的现场，去看漫水桥。锡林河上的漫水桥。石板桥矮，贴在水面上，锡林河水从这一边直接漫过去。年深日久，漫水桥的石板面上积了黑黄绿的苔藓，滑、摔倒是很自然的。我坐在一截石板界碑上，任锡林河的水从脚背上漫过……

三岁的小男孩全身赤裸牵着妈妈的手从桥那一边走过来，我什么也没说，用手机拍下。我想说，入洞房前把照片给他媳妇看。

赤子之状，

赤子之心！

醉梦儿时

每年七月下旬，是来草原的好季节，事实上，叔叔们说的是对的。我不得不在心里感谢一下自己，出发的早晨，不，出发的前40分钟还在犹豫，亏得我有一个几十年就有的习惯，想了说了就做……

这里是锡林郭勒草原平顶山一处移动的牧场，我叔叔根尘的三个白色的蒙古包，一个挖向土地深处又地面裸露的类如窖洞的屋，牧场地势略有起伏，或者是风吹时羊胡子草的飘动。我的心思，不，我的视觉感觉都变了。我的眼前是一处残存着的四合院……

突然，听到婴儿呱呱坠地的哭声，我踮起脚尖顺着木格窗针眼大的孔洞往里看，一个接生的女人和几个年岁不等的女人在炕沿边忙乎着……

一个叫“扁头”的人出生了。

这是幻觉，这是惯于造梦的人在这牛羊成群的草原上的蒙古包边际看到的真实。

那个在四合院出生的人现在就在我的身边，他正夸张地微笑着，渲染着我们看不见的颠簸——刚刚周岁就离开了这个四合院……不过，他的声音里没有沧桑，他也没有四十年挖煤的黑黑十指。是什么为他洗去了所谓苦难所谓煎熬，我怀疑这些写在字典上的词只是如草木、山水、石头、瓦砾一样的符号而已。我总觉得这个在飞在唱在笑的在我眼前的活生生的人不真实，根本无法相信传说中“读了五年书放了三年猪”的人生简历一般的过去。我甚至不明白我和他之间的那份亲切那份无隔阂的自然，从出生到半个多世纪的相见，这中间的空白竟不用填补，我相信了血脉血缘和基因的说法。我明白了我自己，我知道了我的爱，对这个姓氏对这个族群，血脉相连引起了不老的思念。爱这个家族！因为这份爱，抵住了很多的伤害。

说到对这个氏族的爱，便有抑制不住的情绪。酒席间举着奶茶望着叔叔“扁头”的脸，我仿佛又听到呱呱坠地的哭声，不仅是一个男婴的哭声，若干年又若干年之后，那个四合院里又响起一个女婴的啼哭声……

我，“扁头”叔叔都出生在同一个四合院里。

此刻，我趴在一片黄花盛放的牧场上，时空慌乱了我的心思。想念，莫名的想念，叮了一下我的心肌，疼痛催发了笑声，咿呀学语的小姑娘拿了装食物的小篮子在那个四合院里串走。东厢房的六爷爷将她抱在怀里，亲一口她的小脸。西厢房的老爷爷牵过她的手在院里追跑，磕倒了自然是哭两声，不是两声，她要赖在地上蹬腿不起，直到爷爷一次又一次的哄抱，直到爷爷掏出柿饼子，逗着她装进小小食品篮里……

女孩子，一生都在要那份宠溺爱怜。那位老爷爷不该把那份引来一串笑声的宠爱无遮无拦地把小花篮塞得满满的。

“哇，啥味呀?”

拎了小篮子的小女孩儿奶声奶气地从两个锅台的风匣间穿过，她突然把小手放在锅沿上。

四奶奶猫腰将她抱起来，放在炕桌旁，把留给她的一碟食物端上来。一小块发糕，一枚鸡蛋，几小片羊腰片。

“吃吧!”一个蓝灰色的奶嘴式围裙系在她脖子上。

陆续进屋的奶奶婶子娘咂嘴评论着，欢喜的笑声涌到炕桌旁。

这个族群中新一辈出生的第一个女子就在这种宠爱中奉行着“我要”的原则。

不知什么时候，十几只绵羊从山的那一边走过来，在我的脚下啃草。一时间，我忘记了这里离四合院的距离，只是重被笑声包围起来。

“虫，小心虫!”

“扁头”大叔突然喊了一声。

“哎呀……”

我没完没了地喊个不停，放大了恐惧感。直到“扁头”大叔将我拽起，我还没有回过神来。

“走，下去，看你四叔宰羊去!”

根尘叔叔要把一只五岁的羯羊宰了。他说为回草原的家人留了四年，自从那年回老家认祖回来就拎出一只羊打上记号，留着等家人来。今天，女儿回娘家探亲，把这只黑眼睛白身子的羯羊宰了给我吃……

不必辨故事的出处，他们的笑声、他们的欢乐劲让我重在那个四合院里信步，让我牵住时光的缰绳，心灵纵马，重新体会儿时“我要”的原则。不是感动，不是慨叹，是委屈，是任性，是耍性子，是幸福……

爱是一个梦吗？

爱是一个梦。

今日里，草原深处，醉梦儿时。

又去“灰腾梁”

这一次，我们自己打开牧场的锁，拉开了两道门。

我放开喉咙野喊，没人知道，也没人听见。爽！这无遮无挡的一望无边，这所谓的广袤，属于我，属于我们！

喊也没有了意义，跟自由自在毫无关系。

我还是回过头去看了看铁栅后面的属于根尘叔叔的牧场，凑成群的马匹甩着尾巴啃草，蹭鬃毛，亲吻……

我随手关了这一进天然草场的门，别让外面的马牛进来，这里栅起来为了养草发展牧场。

我在车辙印的左边走。见散乱的小花多起来，大起来，像黄色的柴胡花成团成片地掩住了脚面，怜惜的情绪被越来越多的花色冲淡了。粉的紫的蓝的花多而密，高出了膝头。最初你还绕开花踩在草上，可那片成堆的花横在前面的时候，你也只有忘了顾忌怜爱便在花丛中穿行而过了……

这是草的海、花的园，不，这里是不用争取就有的自由世界。

可以是你的家吗？

可以生存在这里吗？

可以倒下去像花像草那样哭着笑着吗？

可以！

不可以！

我的心停止了狂躁，草地上，伫立良久，应该是不再看，不再想。

轻轻地抬起头，不远处，细究，也应该很远，西斜向，有一堆堆、一行行、一摞摞黑乎乎的东西矗立在那里。我以为是垛起来的干牛粪，牧人们备的，炊烟之用……

下意识，我朝前走，朝那堆干牛粪处走。脚下的草呀花呀，温温地陪伴，心里有柔情。离那黑黑的干牛粪模样的东西近了，近了……我错了，不是干牛粪，是青黑色的石头堆起来的石墙，呈长方形，筑起的面积不小，有的石墙有坍塌之状，成为豁口。里面的草茂盛，没过人的肩头。我在北面的墙垛坐下了，望着里面的草，甚至我想走进那窝高高的草里。还是会怕的，年深日久的，里面会不会有大虫？一激灵，石头硌了屁股。不知是恐惧还是什么，我斜歪下身子，一滑，屁股离开了墙垛。我站在墙外面的深草里，脑袋里蹦出一个清晰的念头——这里可能是牧人准备的羊圈……

刹那间，眼前腾起白毛旋风，羊们在这圈儿里瑟瑟发抖……

那人呢？牧羊人在哪里求一息安全呢？

我的脑子里挤满了与生存有关的像麻团一样的各种问题，草原上的花色不再闪现。我左右寻觅，不远处有一极小白房子，像农区庄稼地上的水屋子。我奔到白房子跟前，两手伏在喷满泥点子的窗户往里看，有一铺不宽但很长的土坑，坑下的木床草凳附近散乱着铁碗水杯等餐具……

收紧的心不再浪漫。

我朝着有花的地方不经意间瞥见了土坑里的变压器一样的东西，还有坑外面的一两个长条水槽——羊牛马喝水的地方。

这就是草原，完全的草原。生生不息，永远跟生存有关的天地万物……

继续前行，目力所及是一座小山，想爬上那座山吗？看上去并不远，其实很远，也许很远很远……我们被铁栅隔开。叹息很轻，还是发出了叹息。回走时，只有北方的电扇在陪伴。我改到车辙的另一边去走，很明显，花没有那一边多，没有那一边艳丽，但花与我牵绊，草与我缠绕。尽管我走得很慢，但离牧场的门还是越来越近，我不知道怎么跟同伴说明天咱们再来，我说不出口。当第一道铁门被“锁”上的时候，我几乎要去拽那个像锁的东西。同伴们读明白了，没笑出声，天下有不老的风景，没有不散的筵席。当我们靠近那几匹像“房星”马一样帅气的马的时候，同伴的照相机不断闪烁，把泪光闪进我的眼里。锁完第二个牧场的门时，我们认真地拍了照片，我把照片发给根尘叔叔，告诉他，门锁了。

站在铁栅外，又深深地远望，那座山终是没有爬上去。

二叔和一张照片

这一次探亲草原行，又见到了“国臣”二叔。这是第二次见到他，第一次是在2019年的春天，他们一行五人回老家认祖寻根。说实在话，那一次的相见，总是让我想到秋天里薄薄的一片叶子。他走后，我有不想记忆却难以忘怀的记挂。他得了什么病？他的身体好虚弱好让人担心呀……

沉默少言，不愿参与，希望别人不注意不记得他。他给我的这种印象让人心很疼。在漫长的社会生活中，我是这样的。他走后，我在和大姑姑的联系中几次提到二叔的健康，想说几句建议性的话，不知为啥，话到嘴边也就咽回去了。久不联系，久不问询，甚至不敢再提到他想到他——二叔！

这一次的相见，喜悦感从心里充盈着涌出来。二叔变了，面色有些红润，肩膀宽阔，眼里有光，胖了许多，说话间的微笑藏抑不住。每次的早茶午餐晚宴他都早到，几乎每次都与我邻座，我的心踏实了许多，不，幸福了许多。间或提到养生，我决绝地将“病”字淡化又淡化，除掉负面的心理暗示，甚至，我特别信任自己潜意识里的判断，他的病好了！他很快就成为完全健康甚至健壮的人。

有两次吃饭的场合，我注意到了他——二叔。

一次是根尘四叔在平顶山牧场杀羊时，二叔见四叔将手伸进羊胸腔掏拽羊的心脏主动脉时悄悄地背过脸去，走出几步又回头看了看四叔光亮头顶上的汗珠，他并没有注意到有人看见了他那柔弱的心，他一个人走进了蒙古包……吃手把肉时，他较早坐在大圆桌边，先时我挨了他坐，他面前是满满的两大碗淡茶，应该是给我的。渴了要大碗大碗地喝茶，草原上，在烈日底下活动，确实很渴。二叔对人的关心是无言的。那天中午吃手把肉时，我见他吃了很多，应该喝了红酒，脸颊上泛着红。我想提醒他少喝，但没机会说。我快速吃完给后边的人让地方，便先出蒙古包到外面的草地上顶着太阳发呆去了。

一次是我们在牛场大叔家吃风干牛肉、享用炖土鸡。那天我们前一拨坐在大叔家东面屋的大桌旁，二叔吃得从容，喝红酒时并没有克制，收放自如地享用。我为他感到愉快，便不花心思叮嘱他少喝了。

我加入了叔叔们的唠嗑中，竟有意地用他们的说话方式侃大山，称根尘叔叔为司令等。根尘叔叔几个人可真兴奋，我也早就忘了教书先生的矜持和瞎讲究词语、巧注意形象，虽没喝酒却醉了。但是没忘给二叔敬酒，四叔也跟过去敬酒，不知为了一个什么缘由，二叔和四叔不由自主地各自举起了一只手。他们的大拇指都短了一大截，大拇指肚肥大，而且无名指的三截指肚距离那么近，所以那根指头显得那么短，两兄弟的一模一样。这种动作，二叔重复了三次，少有的兴奋冲动感完全违背了他平时的性格。我为他们的指头拍照，翻译着二叔这个文雅人的行为语言：我们是刘氏兄弟，我们是同门，我们血脉相通……

基因，血脉。

我们血脉相通！

他们的父亲和我的祖父是亲叔伯兄弟！

草原氏族情，我们血脉相通！

我理解了这一次的氏族情深的草原行，我懂得了二叔的行为语言和行为艺术，更懂得了他酣畅淋漓的特别的精神再现——真情、深情、高雅。

我重见到那张照片——二叔的父母——十爷爷、十奶奶的照片。

一个灵性的女人从照片里走出来。敞亮踏实，坚定乐观，不，那淹不灭的女人的柔媚从眼窝里、从眉头处、从鼻翼间、从会说话的眼神里自然而尽情地表达出来。这是一个有经历、有阅历、有故事的女人，这是一个创造过鲜美生活的人……好像我寻找多时了，家族后代儿孙有幸遇见这样的女人，甭论文凭、长相，那种激灵灵的能透视生活又能为生活踏实的女人可以为生命平添快乐！

看看照片，打量一下二叔；打量一下二叔，端详一回照片。嗯，二叔做她的儿子很有福，我想说，如果像她那样乐观，那样文艺范儿，嗯，绝了！

二叔，那张照片，给了我不尽的愉悦，也给了我不尽的怅惘……

其实，一切都是最好的安排……

想起大掌门和他的儿孙

屈指算来，一场草原氏族情旅行回到家也有几天了。听说大掌门叔叔住院了，我几乎每个晚上都与他通话。昨晚听他说话底气很足，可还是放心不下。今天，托四叔去医院到住院处自会查到真实的诊断结果。

在先祖流落在锡林郭勒盟的这支亲族里，迄今健在的最高领导——五奶奶年迈，为家族掌门的就是人称“扁头”的大叔了。

记得，我与大叔第一次见面是在2019年的春天，他们到老家寻根拜祖，族人相聚。这个朗健乐观幽默风趣的大叔给我留下了很深的印象，那种亲切感、亲近劲让你忘怀了被隔断的半个多世纪的光阴。

2023年夏末草原氏族情旅行的这回相见为第二次。从吃的第一顿午饭到走前的“草原印象”晚宴，都是这位大掌门控制场面，有一句话不知说了多少遍，现在还音犹在耳：“我姑娘回来住娘家了，把最好吃的端上来，走时拿最好的……”

“我姑娘回来住娘家了……”这句话让我想到离世的祖母和父母。大掌门叔叔的一声招呼，让我确实回到了娘家，又见到了爸妈，亲热了爹娘。这一次草原氏族情旅行让我这个总是沉于梦中的人醉卧儿时。

那天，背着大掌门，我们又去了“灰腾梁”草原，偷了他让小弟媳妇在家备的小米饭、大白菜包饭。原以为草原回来参观一下十爷故居也就免了入家门再吃晚饭，但见他脸有愠色，我怕了。我这个人自幼见不得家中长辈的坏脸色，我怕把他们气出病来，便笑嘻嘻赔不是，讨好式地挽起大掌门叔叔的胳膊直奔家去。这位大掌门叔叔给了我满满的亲族的幸福，想到他曾徒步送老家同族兄弟去车站的一宗宗过往，我鼻子酸酸的，忍不住在心里一声声叫着“大叔，大叔”。

他的楼门前有整整一排“淑橘花”，足足一人高，只见花不见秆茎。花开热烈坦荡，火一般温暖，像大叔一样的花。花后面是大叔亲手栽培的菜园，暮色渐浓，来不及去看，便挽着大叔的手满含热泪地上楼去了。

见满桌的菜肴丰富，小弟媳妇还依然在灶间烹饪，早有幼儿甜甜的呼喊——“大姑大姑”地叫我，拉我的手，还有刘洪志、刘田昊好几位大叔的子孙，如大叔一样真诚可亲，一时间让我惴惴不安，悔不该中午逃脱餐饭，为了玩耍害得大叔一家乱了日常生活秩序。我的情绪开始慌张，也许面有惭色。

还好，还好，我的亲大叔那句话又在餐桌前飘过：

“我姑娘回来住家，吃不好哪顿也不行……”

敏感的我只有把眼泪咽下去。大叔啊，把原汁原味的娘家才有的亲热不缺边沿儿地给了我。我体会到了足足的草原氏族情，这顿晚饭不省不丢不逃脱对了。

有血有肉地，我了解了大叔和大叔儿孙们的生活。

近日，大叔三孙子刘欣阳考上了军校，已经就业的大孙子刘洪志正信心满满地装修新购的单元房，前程令人欣慰。说话间，围桌的是一个举止文雅、相貌清秀的孩子，他让我惊愕得说不出话，人间竟有如此不染烟火气的形象，更让人无法相信的是他在中央民族大学体育系就读。因为喜欢，对话自然多起来，而且对其前途也多了几分潜在的关心：体育和舞蹈一样，玩的是年轻。我便问他还有什么爱好，他说他喜欢美术。我便嘱咐他业余时间可不忘研习美术，说不定他日美术专业会有用……

大叔子孙满堂，个个有出息！大叔爱在心窝，帮每一个族人，助每个子孙，爱浸透了大叔的生命，大叔好命，大叔他命好！

一位叫大婶的人

在“牛场”的那天下午四五点钟，大婶从多伦返回，初相见的刹那间的陌生感在她的风尘仆仆中释去了。见她时，我正在院外的车座上写稿子。后来我从洗手间出来，我们就变成了熟人。

那天晚上，由于下水井出了点意外，我们没能篝火没能烤串，大婶安排了晚饭。由于侃大山结束得晚，大婶强令我们住“牛场”，但我还是离开去住了宾馆。但大婶的质朴、真诚、不容违背的举措和神情还是印在了心间。

那天小三叔在“草原印象”隆重设宴时，大婶去得早。她换下紫花连衣裙，穿上了新鲜浅淡的半袖，脸上漾着笑，坐在那儿真实深稳的样子又一次告诉我：“我是你大婶。”

晚宴结束时，她走到楼下重又返回。她说：“我市中心的楼房空着，你去住那儿，写作方便，我插空回来找你……”话是从心底流出来的，我心有所动。我说：“大婶，你让我想想，想好了告诉你。”

“行呢!”她用力地攥了攥我的手，坦然一笑下楼去了。

这个想人所想、落地有声、不要心机的女人让我像记住她家“牛场”院落里的红樱桃一样记住了她。

那个院子里有几棵红樱桃，树不高，樱桃结得不多但鲜活。我摘了两手心，没洗便吞下去了。这个小院如人一样真实可感。只是那个上午聚集在一起的人很多，屋内洗手间不好自然走进，我便环顾院内青青菜畦，看到最南端靠墙壁的地方有几间像猪舍又像茅厕的屋子。我小心地沿阳沟穿菜畦走过去，就在我的一只脚要迈进去的时候，一条狗从里面蹿出来……

“哇哇!”

我本能地逃退，倒坐在池口的土上。奇怪的是，没听到一声狗叫。我望过去，那是一条青白相间的一条威武、霸气、俊美的狗……

它长得像狼，但它是狗，一点不凶，只有美，只有讨人喜欢的样子。

它和我，我和它，对视了很久。它没叫，一声没叫。我不再怕，初被唬吓时的惶恐消失得无影无踪……

我和那条狗对望时，没人能明白我们心底深处那份互相欣赏。只是，我想到大婶时就常想到那条俊美的狗，想到那威武不减的狗时自然想到那位叫大婶的女人。

回到宾馆时，我的脑子里满是那真实的存在——一个叫大婶的女人。还有那满院的菜蔬，满眼的绿色。大婶大叔养牛养羊自是能够理解。可种植那满院子的蔬菜，拔草、施肥、浇水，耗尽心血为何?

“卖吗?”

“自己吃?”

“两个人吃不了多少……”

种菜不为卖也不为吃，浑身劳累，满心疲惫，天天说不再种下去，可却不停增植新品种……

我重又写下诗行的时候，心有所动，白发染鬓并无有所成就有所进益的我为何仍在研习？

大婶种菜不辍，我弄文字不止，何为？为何？

十爷的故居

探望了这个家族的最高领导五奶奶以后，我们来到了十爷的故居。

我们将要离开族人们生活着的草原，离开前，去看看十爷的故居，故居在，权当人在。

夜幕低垂，我们随大掌门推开了那扇门。

小院有几分神秘，花在开，草在绿，偶尔听到“咕咕”的几声，那是鸽子的喉音。

单门独院，设置的是外楼梯。楼房是二层，不像是居户独立建设的民居。爬上楼梯，才知这和其他单元房没什么两样，只是很小，不到五十平方米，但感觉到了厚重和深邃。明明，有一个人，有一代人，在不明处陷入思考。大掌门说，那是我最小的叔叔为十爷买的居所，十奶奶仙逝后十爷一个人曾经在这里守望过孤独。十爷过世后，小叔叔修葺了院落，检修了房子，房子的北侧屋添置了原始状的木桌，木桌的南向墙侧立着一米左右宽的书橱。我没问，从书橱的老旧原始模样可推测这是十爷的旧物。守着旧屋旧物的小叔叔的心志不言自明。

刹那间，我心中涌现出我出生后住了五六年的老旧的四合院，还有一直统领我精神世界的那位在我的小说中不断出现的高祖，还有族人代代传承的关于孝行的文化。一时间，崇敬之心油然而生。那位最小的叔叔在恪守着源远流长的念相（方言，指纪念），恪守着也许自己说得清楚也说不清楚的美好。我只能瞥见这小屋子残留着的片段。昨天太深远，太厚重，我无法说得明白、说得准确。

我拉灭了最亮的那盏灯，只有小书房的灯亮着，也不见窗外的星光，立于桌橱间沉思默想，想到的都是存在和不存在的一些居住过和正使用着的人的一些掌故，还有一些可能只属于思维世界的比圆周率小数点后面还细小的推论。

一直守着这间屋使用着这间房的小叔叔，他站在终点上又站在始点上，他准备开始一种如何的开始？

据说，他常从自己家步行到这个小小的院落，常常爬过十几级外楼梯走进这间房，坐在现在完全属于他的小书房里。案头的两侧放着关于经典的书，靠墙摆放的是废旧的报纸，报纸上是钢笔写下的文字——不连缀、不完整的古诗词。他在练硬笔书法，他在想从头开始，这位活了半个多世纪的人为自己设置了始点。多么硬气多么坚韧，不，多么豪气的人！

这个案头舒展着一条折叠的线——终点和始点。

大掌门身体好像不舒服，到嘴边的话题只能淡去。因为，这个家族或者与这个家族有关的话语、历史都是值得珍视的宝典。

我的心情、我的思考曲线不允许我多停留。临走前，我注意到两样东西，一个是墙上挂着的五六支毛笔，至于是狼毫还是兔毫，不容细辨；还有，案头书橱下层放着几本我 2000 年以来出版的四本小说……我心头一热，眼泪流了出来。他在关注着我的文字。写作是我生命存在的方式，关心我的文字权当关爱我的生命！

出外面的小客厅时，膝盖撞在根雕茶几的边缘，我是带着疼痛走下楼梯的。回瞥院中草木朦胧之状，这时，鸽子又咕咕地叫起来。

一个叫景伦的弟弟

一直以来，我都希望我的氏族里出更多优秀的人。出像我先祖那样，开疆拓土、集豪气英气于一身的人。不论在哪一方天地，只要听说氏族里的人有了出息，愉悦感就自然地涌出来。

为了这样一种希望、一种盼望，我做过一些努力，即使在此刻，我也没放弃努力没放弃盼望，尽管我失望过，遭受过挫败，但在我的内心深处，我从没放弃过。对与不对、好与不好，我没想过也没在乎过。

前不久，草原旅行探亲氏族时，在草原印象大酒店里，我认识了一个叫景伦的人，二十六七岁，在重庆做事。他叫我姐姐，看上去很亲。他说网上学习时发现，使用语言的能力很重要，比如发条朋友圈，有的人只会用符号表意，枯燥没意思。

青白色的衬衫映出他满身的青春气息，偏细的眼睛与眉宇间的智慧之光竟有几分江南学子的轻盈自然。一家道地的现代人，看看他的母亲，染于眼角的微笑泻出几分灵性；还有他父亲，沉于无言的机灵。

酒席间与景伦母子有了一两句交谈，也许，景伦母亲对文字也有喜欢。终于可以确定，景伦喜欢文字、热爱文学、有意研习文章不是无源之水，不是无本之木。这年月，年轻一代对文学存有浓郁的兴趣，难得！是什么原因让他薄利禄、重艺术？匆忙相聚难得追溯……

吾数十年埋头文学，其中苦乐无法与外人道，余生不弃仍在研习，而且津津乐道。今日里见族中有人与我同频共道，踽踽独行的林间小路又有魂灵相随，幸哉！倘若他日族中人确有成功者，也是对追求未果的我魂灵的一种慰藉。此刻的我，并没有去追索去佐证景伦他向我问询文学研习途径琐细诸事，只是多了喜悦，以至为晚宴添了欢乐。接下来，我满脑子想的是他读哪些书背诵哪些文字……

现在的我正沉浸在一本涵盖中外名篇的《名篇导读》里，为他拣选文章，在目录里勾勾画画，在文字行间里删繁就简，准备寄出后再电话叮嘱研读细则。如此热情满满，一是来自我对文学的恒久的忠诚，一是缘于我对族氏恒常的热爱。

此刻，我画出了背诵的三十篇名篇，待我斟酌之后寄给弟弟景伦。倘若他能读之诵之习之，且不说文学功夫如何增益，对生活、工作实际应用中也用帮助。语言学家说，语言是思维的物质外壳。不错，景伦一旦如他所说，定能读之诵之，日后定有教益。

将勾画好的《名篇导读》放置书橱，深呼吸，望着窗外，草原深处的紫的、黄的花簇拥着闪烁着，像影视镜头波浪一般地推举过来，弟弟景伦托着自己等身著作笑盈盈地走来……

“灰腾梁”草原奔出“房星”马，刘氏家族走来有用人。

多伦湖的一天

明明，
绕湖一周，
我走完了三十公里。
每个景点、看台，
我都停车，
顺从着那些脚步和人的走向。
可是，
我好像没看到什么景致。
不过，
多伦湖是美丽的。
只是，
难于留下要留下的文字。

你无法绕太湖一周，
找到边界看个究竟，
但你曾经写过《苏州西山看太湖》。
桥头的小鸭子，
湖中的水葫芦，
白线鱼，
还有静谧落日……
你的心在太湖。

明明，
十三点五平方公里的水面就展卧在眼前；
明明，
那份秀气那份宁静，
就那样钟情于你；
明明，
那几乎翻上水面的鱼打挺的声音已随风贯耳；
明明，
那岸边的苇草衔你衣襟而过。
你的心不是雾不是烟，
可你却没有能力让它不飘忽，
不是不想，
而是心灵世界太斑斓，
你的文字无法给多伦湖一丝本来就飘逸的真实。

明明，
你已走上多伦湖的鲸鱼岛；

明明，
起云台，
绮望廊，
沙岛，
天源生态庄园，
都像初做母亲的人给幼儿留下胎毛笔一样，
多伦湖留下了你遍布于此的脚印。

天地万物万象有不公不契，
不是你不对，
不是他人有错，
不是齿轮咬合有错，
不是……
是什么？
一定是什么。
我们不是科学家。

不值得泪润眼睫！

早上七点，
晚上七点，
十二小时，
游锡林郭勒的多伦湖。

烟雾一样的思绪将我封存于湿地栈道，
还有可以瞥见的多伦花海。

沿着栈道走，
依栏相望，
还是根尘叔叔牧场上待杀的那只黑眼圈白身子的羯羊，
还是“灰腾梁”草原上的叫不上名的小紫花，
还有饮宴的“草原印象”，
更有夜幕低垂下的十爷故居……

多伦湖尾的渔村哦，
夜宴歌舞，
烟花升腾，
无法入睡，
草原氏族情的丝丝缕缕，
深情难却，
只有诗情入怀。
那一夜，
断断续续地描摹了一首《多伦的花海》。
关于错字病句无力再酌再修，
权且对多伦湖的交代，
录于此。

多伦的花海

那海洋一般的花，
正在对你构成伤害。
尽管你总是谨慎地，
谨慎地等待着花开。

你想说这将你包围的花海是幻象，
这种同样的叠开的花是不存在的事物，
可不存在的事物只有遗忘。

一辆小火车载着唱着歌的孩子们，
杂以几个好事的成年女子，
从花海中小巧的铁轨穿过。
我知道，

火车上载着的是稚子的欢笑，
载着花一样的心情。
我知道，
也许，
此刻，
我并没有花一样的心情，
只是在花间的甬道上穿行，
还强露出比花还灿烂的笑容。
也许，
记忆是多彩的镜子，
可我说什么也不理解“死亡也是一种仁慈”的歌词，
我不知我该不该空怀一腔恐惧和彷徨。

环顾四周，
粉的紫的白的红的花，
灿烂得有些不真实。
花只为开放，
不为引我烦恼。
可它们为何将幻象给我，
花开是不讲套路的。

我想起了“灰腾梁”草原上的花来了，
这一朵那一堆的，
这一簇那一片的，
它们的灵魂很有趣，
姣好的身影散落在那里。

可是在这里，
什么人下了死令，
一大群一大群的人同时穿上了红袍子，
同时套上了绿小袄……

花是真的，
但是，
是幻象。
这片刺目的花海，
抛给我恐慌，
设置套路，
不是为了伤害，
是什么……
我说不出……

多伦一处山西会馆

喜欢关公，所以喜欢晋商。曾在平窑古镇听到一个故事，一个商号老板的大徒弟拒绝自己师傅也就是老板临终委托，终未接任商号老板的职务，只是默默地成功地经营着这家商号……

迈进多伦山西会馆，在迎面墙壁上读到了几个这样的大字：忠，义，仁，勇。心灵世界里装满了这四个汉字演绎的丰盈的故事，想来，只有“勇”字不足，许是渗入骨子里的儒家文化生成的另一面的痕迹。我曾经多次企盼能遇见能目睹跟这个字有关的人或者现象，但滚滚烟尘中这个愿望随同很多愿望消失了。

在这家会馆的东侧墙下见到了一大堆“红柳”，眼前晃过沙漠中的红柳，柳树枝头花穗相同，只是穗小色淡，狐疑间见一清瘦文质彬彬的工作人员一边解说一边陪一行四五人向三进院落走来。落地有声的讲述自然地吸引我“蹭听”，使这次途中的参观多了文化色彩。

讲解员为游客中心的负责人，叫李树清。他说，这座会馆建于乾隆十年，是山西籍商人出北口、过草地、作为中转站、集资兴建的会馆。院内现有全国仅存的一处大戏台，高约八丈，内墙有各个时期来此演出的戏班名称，墙内关于晋商经营的文化理念的“忠义仁勇”四个大字闪烁夺目。戏台对面有议事厅、关公殿，用关公的诚信作为经商之道的信仰基石，使这座漠南商埠兴盛百年。

我曾一度喜欢戏剧，今日见此有来历的戏台，出于珍惜和纪念的想头，便登上戏台，甩袖遮脸拍了一照片，想体现古老的民族文化的含蓄。走下戏台时，听李老师又讲了一个有趣但有悖常理的故事，说年底庆祝经商业绩而请戏班子唱戏，如果经商失利要罚戏，多唱一台或几台，使之牢记失利之教训。看来，惩罚确为一教育手段。

我们跟随李老师进入游客中心最深处，从明末清初的青砖上看见到此演出的戏班留下的纪念性文字，怎奈年深日久，字迹难辨。说来还要感谢李树清先生，是他帮我们加深了对多伦山西会馆的印象，增添了这次锡盟草原之行的文化内涵。

氏族情草原行结束之后

实话实说，这次锡盟草原行回来之后做完有关文字、视频等工作，这段旅行就暂告一个段落了。写关于草原氏族情十三篇纪念性文章，做一个小册子储存文字；出两段视频链接，略带粗糙地呈现一下简单的现实，权且作为我对氏族情的纪念。不然，时过境迁后再收容一点适合存在的美好就可能有所遗憾了。世上事，散了为烟云。

也许年龄之故，时时处处、有意无意在我的思想中一直出现两个字——“珍惜”。啥时候再来？能否再来？潜意识里都有流淌。于是，在哪种场合，哪个空间，我都恨不得把爱的话爱的事，哪怕一笑容一个神情表达到极致，直到临走前的那个傍晚匆匆地拜访了十爷的故居，我才对自己说，该看的就这么多，有效时空做的就这些，该说的话能说的话留待他日。

回来后，赶上我一本新书《今夜有太阳》出版和新迁之屋装修，可是都没夺去我为氏族情草原行写东西、整理图片诸事。确实，这次草原行含了我浓浓的氏族情。血浓于水，不经历说不清。虽然是半个多世纪才重聚，可是他们对我太好了，不为伪饰，是从骨子里生发出来的。从大掌门一行寻根拜祖到今天氏族情草原行，四五年的时间，心灵血亲真情发生，衍进，升华……尤其让我醉卧儿时，也引我在心里展现极为单纯极为任性的心神活动，像一个幼儿在亲族间表现的一样。

就像牛的反刍一样，我将发生的种种在单纯的思维世界里回放多时，反思自己哪里做得不够好不够真，哪里给亲人们带来了不便……尤其，大掌门住院时我每晚探询电话等诸现象都碰疼了我的心，以至于一连几个晚上失眠，乃至忧心忡忡。一个空灵单纯的人是少不了敏感的，对自己追根问底的不依不饶现象也是少不了的。现在想起来，半个多世纪的独来独往、拒绝群体为事对自己是一种爱护，一种像父母对孩子一样的保护。说起来，该是多么感谢亲族人对我的呵护呀："我姑娘回来了，我姑娘回来住娘家，有什么好的都往上端……"

牛场的风干肉好不好？锡林郭勒盟多个茶馆的早茶好不好？各家风味餐食好不好？草原印象的"红烧牛脸"好不好？灰腾梁下面牧场扳倒羊就杀煮的手把肉好不好？小二叔插饭空带我去走漫水桥好不好？小叔叔安排住宿，我与其争执反复理论不依不饶好不好……

自从随父母搬出那个四合院，这是我的又一次任性；自从祖母、父母离世，这是头一次有人这样疼爱我由着我……凭什么？凭着姓氏，凭着那一行寻根拜祖回去后对亲情的咀嚼，凭着五年来的彼此期待彼此盼望，才使亲人相聚无隔无阂……

当我要停下笔的时候，我流泪了。我为我现在的反刍而脸红，这个年龄的住家姑娘还能被叔叔婶婶当孩子宠一回，珍惜余生吧！我多想对家人说，假若我有什么礼数不周，那就深深原谅吧！也想说，此刻有很多的氏族人氏族事还没写，历经创业艰辛的叔叔、孝敬老人不辞风霜的婶婶们，还有那些生机勃勃学业有成的后人们……我只能在心里期盼，让我有机会再与他们相亲相见，用我的笔记录他们的生活点滴，用我脆弱的心来表达浓得化不开的氏族情意。

两首歌

博尔赫斯，
一个伟大的诗人，
宇宙间微茫的信号，
传给了他。

月光下，
有幸，
我听到两首歌。

“有没有一种爱，让你不受伤……”
“这么多年，累积多少对你的知心话……”

那天，在多伦的花海里，

不，在人海里，
你突然看见了一朵花。
那是你在梦里种下的，
用灵田培育的种子。
谁也无法预料，
开在了茫茫的花海里，
因为，
一直没有离开灵魂的世界。
只是，
没人知道你为它浇灌着殷红的血。
你的喜悦是因为你看到了你自己灵魂世界里的那朵花！
“是什么剪了爱的羽翼……遗憾化作声声叹息……”

宇宙间播撒着微茫的信号，
好像，
你拉着博尔赫斯的手拍着你的胸膛，
问我，
是什么思维逻辑阻止了花的开放，
是什么人让自己百孔千疮？

我只喜欢你给我的两首歌，
追着有月光的地方，
听那两首歌。

梦太深，
我不再难为博尔赫斯，

只微笑着听歌——那两首歌。
不必问爱是什么，
永远一个字：苦。

诗十五首

零　点

我站在波涛之上等待，
等待月亮和日出重合的瞬间。
不是每一个人都在春天里享受月光，
即使熬过寒冷和寂寞，
也不一定在泰山顶上用手接住太阳。
世界有一种赠予和拒绝，
有半舍半留的神秘习惯，
有黑暗半球的欢乐。
时光用严苛的痕迹惩罚我们，
岁月把春光撕碎，
用嘲弄般的嗤笑跟随我们的身影。

我们无法从镜子里看到应该属于我们的容颜，
我们无法琢磨生命里的爱怜和愉悦，
我们几乎没有资格来回味生活给我们的馈赠，
也许我们不该赋予生活以带色彩的意义。
也许我们不该不必把生活描摹成诗的王国，
也许我们不该成为被梦见的做梦人，
我们辜负了生活，
美化了自己。
今天我和身边这些为诗为梦魂牵梦绕的一群人，
魔幻在一起，
笑在眼里，
谦虚而隐蔽的复杂在心里。

但是我们把音乐移植在我们一时不晓得的差不多快要飞升的心里。

这一刻，
我们在我努力想要的幸福的呼喊里，
我们来过，
我们梦过，
我们狂妄过。

诗

诗，
是一种物象。
在出生一百年一千年前就有的物象，
或实像或虚像。

言说的是最纯净的符号。
为了写好诗，
没办法，
只得修行。
或者，
修行到一定程度。

一百年一千年前，
我瞭望海洋，
也深情地感受天空。
那时，我还不知道什么为囚禁、什么叫熬煎，
总觉得有一道光在不知名的地方。
当然，光束不必让什么人寻找。

不必把诗看得太神秘，
如果说它有些高贵，
倒是真话。
我经历的那些往事，
如今常常缠绕在梦里。
谁人不曾孤独过，
五年，五百年，五千年……
你也和我一样，
不再久久地望海。
只是，
我常提醒，
应该去看海。

你说你在写诗，
对，
这就是说你的心里一直想着去看海。

看海，写诗；
写诗，看海。

猫爪菜

当然，
你不必巴望没有记忆的时间。
蓦地，
你会从蛛网的纤细里窥视到遗忘，
一丝摇曳的烛光，
被雾气晕染的烛光，
我从锅里端出一缕染了枫树花一般象牙白作底色的烛光。
猫爪菜垫在蜡烛根部。
我请来的谈笑鸿儒、雅士墨客抬箸夹起一缕品尝，
不知所食为什么珍馐佳肴。
忧伤从眼角里渗出，
点缀着我的睫毛。
我无法翻动任何一部经典，
我没有能力让他们明白那些模糊事物中的不朽故事，
面对着的贵客并不知道我曾是吃这些野菜野草长大的……
其实，
他们如我，

我如他们，

都是由一位母亲带到世上。

今天，

刚刚，

我的母亲关了房门，踏上她回家的路。

我做了这美餐——拌上面粉蒸熟了的“猫爪菜布落”，

把我带到儿时，

带到拉了她衣襟在葡萄架底下嬉笑撒娇的被遗忘的模糊中。

当然，

雅客们挑箸夹起一缕野菜，

不，

野菜里埋了被浸渍好的几块排骨，

只记得赞美我的厨艺，

赞美我创新时的灵动，

赞美他们该赞美想赞美我的一切。

假若他们哪个怀了取悦之心，

应该是猜不透我的用心的，

除非他们如我把心弄碎把脏腑保洁，

用最琐细的方式来表达我亲密无间的崇敬和真情。

当我把一缕曾经盛放曾经为游历林间风景的人做过鞋底的猫爪菜做成野味佳肴时，

我的眼泪终于流到唇边，

随着吞咽动作到胃里去了。

雅客们的诗一句也没听进，

只是在努力地听墓穴里的声音：

“已经挺好的，知足，怎么求也就那样，人活着，都一样……”

我爬上了一座小山的山顶，
山顶空无一人，
只有几朵小小黄花，
以为是“猫爪菜”。
错了，
这里没有猫爪菜，
这里长着的是蒲公英。
很好，
忘掉名字和经历。
曾经，
为了把蒲公英、猫爪菜这名字忘掉，
也几乎颠沛流离……
现在，
母亲正从深不可测的地方窥视我的影像，
我正在这长着蒲公英的地方，
还有一个邻居家的孩子，
度过漫长而又短暂的下午。

四川广汉

四川广汉，
突兀的三座黄土堆，
一部人类文明史，
在时间深处相继消失进程中被辨识出的一朵被遗忘的玫瑰。
人类自古就有朝圣的虔诚，
也许，

那里是朝圣的中心。
也许，
人们一有生命，
手里就有了一张唐卡。
那高鼻深目的青铜器物，
那长到一米八的象牙，
还有那符号别致的金手杖……
我们无法一一叫出那些有来历的花的名字，
只能，
只能说那是人类文明史。

我们每一个人也有一部纹路清晰的心灵文明史，
你认识的不认识的，
或者你无从想到无从说起的，
昨天或明天，
醒时或梦中，
有意或无意帮你写就了的一部心灵文明史。
比如浸雪的茵茵草，
比如茫茫的一夜雪，
比如黑色的星黑色的天空下的“和羞冢”，
比如那清晨第一缕阳光下的绿色的松塔……

你被自己关在没有门也没有窗的屋子里抄写佛经，
刺破中指蘸着自己的血写下每段每行佛经的头一个字……
你在隧道里对着化石蝉凝眸，
你的泪水烧焦了美丽的面庞，

你被风的预言摘下了一块心肌，
冥币飞扬中的哭声，
你像个努力站立的幼子，
总怪自己蹒跚，
总盼着明天会好……

心灵山上也有三堆黄土，
会不会变成模糊的花园长满玫瑰，
黄的，绿的，
也有一朵黑的玫瑰不被遗忘。
没有标志没有符号，
几百年，
几千年，
上万年，
有人来挖掘，
有人来朝圣，
有人高高地举起那柄举世闻名的金手杖，
把一部心灵的文物史贴上“三星堆”。

深秋了

啦啦啦——
啊啊啊——
我枕着长烟落日唱歌。
你走了几千年来欣赏这个镜头。
不经事的！

踩着吞吐的长河硬说落日里有一幅刚刚画过的画
——凤凰花。

啦啦啦——
啊啊啊——
殷红色变成了靛青色，
天边的云卷曲着开启一重天幕。
我不曾从酣睡中醒过来。
却原来，
映入眼帘里的，
不是衡阳的回雁峰，
脚下竟有那么多散落的雁巢……
脚下长出蜿蜒的长城。
谁在城垛的北侧，
用石铲在挖坑。
“做什么？”
“我在寻一枚杂交的艺术。”
“什么？”
“诗哦……”

啦啦啦——
啊啊啊——
我贴着落日，
握着一幕云霞，
我在歌唱，
你也凑来挥毫……

“你在画凤凰花吗？”
我问。
“我在唱歌，我在画画，我在写诗。”
他回答。
古老的魔幻，
倾向音乐的属性。

飞向落日，
飞向用图画涂抹的高空，
寻找羊皮筏子，
寻找鸣沙山，
寻找东营……
我累了，
我睡在回雁峰，
那是一座佛教的庙宇——祝融殿。
你不该将我惊醒，
其实，
我并不想随衡阳雁去。
我喜欢长河，
我喜欢长烟，
我喜欢落日，
我喜欢这座孤城。

你不该，
不该，
用这嘹亮将我叫醒——

夜深了

夜深了，
还不睡吗？
我是想睡了，
镜子里的那个人，
镜子后面的那个影子说什么也不忍不习惯睡去。
箪纹灯影里语词和体验对应吗？
勒·柯布西耶这个卓越的建筑师应该死了几十年了，
他的别扭想法让我着迷。
穹隆底下，
红色的山脉不是教堂，
你说那是坟墓，
也可以说是圣殿，
有人逼迫着你，
语词要与体验对应。
其实我很烦，
我没必要不饶自己，
那么多人，
正在不朽，
多余！
如果世界上没啥，
你没有勒·柯布西耶的幸运，
你不像约翰·伯格那么卓越，
应该一切都多余。

猛抬头，
我看见了我自己，
桌前是一面镜子。
其实，
那不是我，
我无法看到我自己。
我被盗空，
我遭了劫，
我正帮着劫匪一起找镜子后面的影子。
又添了勒·柯布西耶和约翰·伯格，
只听得有人喊：
“举起手来！”
这劫匪把这话一连喊了六遍，
他口渴了，
不得不把机枪放在豪华的餐桌上，
和食客一起喝啤酒。
机枪边上放着手表、玉石，
还有手镯……
警察进来了，
看着静物图出神，
没有抓到劫匪。

我盯着镜子里的那个人，
和华贵的食客们，
不知道都谁和谁，

开着高雅的玩笑，
人世间，
确实有宽厚智慧的人开了高雅的玩笑。

踽踽独行

踽踽独行，
去那座山。
一个有雾的早晨，
我没有特别感觉到雾的朦胧。
双手合十，
胸前挂了一串念珠的人，
与我足迹重合。

叫破山而过，
确定，经过一条隧道。
不，
没有任何界定，
旷野无际？
田畴一片？
如所见一切真实，
如无见一切恬美。
错走了路径？
走偏了方向？
没问，
没人问，

不想问，
早就知道，
没有预定的答案。

我好像看见有人挖掘巨石，
我很想让他将巨石立起来，
我知道巨石的用途，
我继续前行，
回头时见那巨石被立了起来。
那位挂佛珠的人，
双手并未合十，
他的脑袋变成了飞檐翘角的殿堂，
好多清晰不清晰的人形人影叠在巨石周围，
人影憧憧，
巨石攒动。
我跟在后面，
看着他们，
往山的上面移动着长条形的巨石。
我，
或远或近地跟在他们后面，
想弄个究竟，
他们要干什么？
弄这石头干什么？

隧道的端口

隧道的端口，
三千年以前，
以前以前……
我曾在那没有骨骼的怀抱酣睡。
“咚咚”“嗒嗒”
不是脚步声，
是什么人把墓碑砸下来。
“一切都是准备好的。”
我敛声屏气，
看着我那很美的坟丘，
顾不上死亡的尊严，
追着卡夫卡的背影，
把轻蔑略带愤恨的一瞥送上去，
惊了我的好梦，
可厌！

没有霹雳没有雷鸣，
只有闪电。
闪电将我淹没在花海深处，
花蕊染黄了我的睫毛，
塞壬的歌声没办法不让人痴迷。
当那砸下墓碑的锤声响起时，
我才知懂得了我的那份爱……

蝶翼将我驮到空中花园，
一时间，
我读不懂这斑斓的色彩；
一时间，
我无法判定这花园与我的渊源。
我是那样地爱花，
我是那样地狭隘愚拙，
不停地擦抹着蝶翅上的鳞粉，
悄然地问它，
那花真美，为谁开的？
我随着飞蝶，
伏在马鞍状的山脊上，
写着诗做梦，
做着梦写诗。
诗里梦里尽是没有骨骼的怀抱，
在怀抱里，
飘上一条通往神圣的路……

中午时分

中午时分，我倚在木桌椅之间的布床上，我自己的声音驱走了午夜时分留给我的疲惫。

我看见了河流里靓丽的身影。它们沉默的头颅上写着唯美的热爱，还有浇不灭的渴望。

视频号弹跳了一下，这愚蠢的存在形态让我可爱的姑娘变得黝鹉一般可笑，它替很多无头骑士说着自以为得意的话。

怪模怪样的背景带来了他，带来了你……

任何言语都由谄媚和虚假代替，交流的人，忘记了言语，诗人不再会使用修辞。

不太像梦境中的梦，我好像开始琢磨，自己失去了什么，又找到了什么。我对着不断向我涌来的木桌木椅诉说。

你那让人一目了然又让人一无所知的生活。

我命自己撇开回味，透视隐藏的容颜，这世上，还有门后镜子里寂寞的笑。

久远又久远的时候

久远又久远的时候，
从中原遗址的挖掘中，
曾发现男性跪像，
有衣饰蔽体。
可是，
在四川金沙遗址三星堆文化中，
却发现男性裸体跪像，
跪立姿势端庄而虔诚。

在记忆里，
在想象中，
去谛听那跪像裸体男子的欢乐勇敢，
你用心弦附着一抹音乐，
激发一下它的热情和豪气，

再将一束狂喜的玫瑰举过头。
那喜庆的夜晚，
那秘密的日子里，
金手杖在三星堆飞舞旋转，
那裸体跪姿男人举手扪月，
向蟾桂宫中的嫦娥奔去，
尽显男人的风流，
把生殖美绣成了昙、荷的飘逸，
羞红嫦娥的面颊。
三星堆文化的灿烂，
与这裸体男性跪像的无邪的生殖美有关。

我读了一首长诗

我读了一首长诗。
到今天，
二十五个白天黑夜。
偶尔，
机缘巧合，
信手一翻，
似乎知其心曲，
灵犀相通。
库水还是湖泊，
大小不同的山头裸在水的外面。
涂着嘲讽的唇廓，
飘逸洒脱的神情，

不必故意，
心神和温文尔雅的一张脸，
仿佛和我形影不离一样，
沉入水底城市去了。
水底城市里，
凝眸。
他想得太久，
却没有说出口，
浪漫的神情里闪着“荣誉和死亡的光亮”。
确实，
那是一首长诗。
到今天，
我读了二十五天。
那里面涌动着一种历史，
关于书籍，
关于口头语言，
关于情意，
关于爱，
关于其他人无法知晓无法思谋的精神世界的幽深，
关于一些重复的梦，
都让我产生依恋，
而后的翻动便成了习惯。
我读着那一首长诗，
看着一个把一个曲子弹了若干日月的人，
关于技巧，
关于意境，

关于作者，
他都向师傅汇报了，
但无论如何说不清楚梦中的逻辑。
手里只有那首长诗，
站在那片水的边缘，
看着裸出水面大小不一的山头，
想着地下那座城市，
再凝眸时，
高出水面的最高的山头上，
一只孔雀悠缓地开屏，
闪光的符号洒在屏尾上将一首长诗展示得十分完整。

也许，不能用深蓝色的波涛形容夜晚的姿态

也许，
不能用深蓝色的波涛形容夜晚的姿态。
由于一组一组的声音不同于音乐的移植，
有时，
让人陷入迷失和狂乱，
甚至无情地猜忌，
乃至心生诽谤，
有时候，
污言秽语比玫瑰的语言都更有诗意。
不知哪个更出色的诗人，
哪种更动人心魄的修辞更能修饰这种心底深处的绚烂。
也许，

没必要为此而镌刻诗句，
美的诗可能正躺在巨石里面变幻笔画，
诗人的叹气声藏在月亮的唇边。
其实，
你并不懂得那份从镜子里映出来的寂寞，
不信，
去访一访那丢了江山的皇帝，
李煜正在深锁庭院的风里碎断柔肠。
丰腴的爱里装着比江山社稷还宏伟的辉煌。
也许，
可以明白无来由挥起的那柄剑，
也是气概，也是幽默，
那深蓝色的夜晚，
那深蓝色的波涛里，
也有饥渴、困惑和寂寞。
切莫染上关于黄玫瑰的记忆。

说属性说意义吗?

说属性说意义吗?
好!
地心引力学说，恒定，有吸引力;
性，生物本能，恒定，有吸引力;
爱，广义和狭义的，恒定，有吸引力。
美，唯美，一般意义之外有文化的自动意义。
关于处于一般意义本能属性阶段的意义属于黑猩猩阶段的进化

过程，

也很宝贵。

关于普遍真理不属于艺术家，

艺术家只是把个体的认知鲜活地呈现，

那是艺术的本质，

是爱。

关于五月雪，

昨天，深夜里，

我突然觉出了寒冷，

不是存在不是视觉的折射，

是爱的曲谱。

什么能使五月雪在诗人的心底融化，

恐怕这不是诗，

这是哲学的命题。

我不能说不知你敢不敢说，

这个命题有多大价值？

这么说，

我离诗越来越远了……

如果说落在心底的五月雪让我忧虑和心疼，

信不信与我无关，

这么说这么想是我。

用哲学的匕首来审度，

足可以让人说出“虚妄的低成本这个概念”，

于是，产生诗思，

于是，空中滑过诗的曲线，

于是会现出一片移动的黑蚂蚁——写诗的文字，

这些文字的表达，

已经背离写文章的赋、比、兴的技巧。

我不是诗人，

我不是哲学家，

我不是人性膨胀的道德家，

那么，

捋着这条思维的弧线这条曲线去看，

曲线弹出的文字：沥沥衷肠。

用哪种属性来解释这几个汉字？

没办法，只能用上那个类如陈词滥调的称谓——爱。

广义、狭义的理解都没有什么不对。

如果没有关于爱的真正体验，那就毫无办法。诗不是文字写出来的，也许以后会明白。为了明白这个，谁也不能替谁。我的思辨能力我的悟性只能如此，什么样的方式途径都做出叙述和表达。我们都是被咬过一口的苹果，没有任何办法任何理由不爱这个残缺的世界，你不爱它，它也不爱你。

诗是为人类的情绪而诞生的，

爱是所有情绪中最饱满的情绪，

如果还不够饱满，

任何词语都是“雕花的马鞍”，

机智永远不在爱的集合里。

爱人付出时的图画里的底色有血的殷红。

任何空洞的深邃的推理、任何锋利的匕首都是伤人害己的。

诗的本质——爱。

我爱诗，才如此过滤意识，我知道，这已经违背了永恒。

但是，岁月告诉我，遇见这玩意儿、得到这玩意儿，已经是一种德行。呕心沥血，我不敢张狂，至少，我不能犯错误——绝不践踏诗……像忘掉“猫爪菜”这名字一样忘掉现在和将来。当然，我时刻不会忘记，此生，角色重要，不改旧志，我会为一贯的努力增添热情，为一种因果做很完美的事情。我属于一种特殊的意志，爱自己的审美，爱诗！所以，享受孤独的美妙。

有人说， 世上有件不存在的事叫遗忘

有人说，
世上有件不存在的事叫遗忘，
我的感觉正相反。
遗忘在远行的途中比存在还鲜活，
就像窗外那棵梓树上的叶子从去年的枝头上鲜活地长出来，
它还说它永远跟遗忘不在一个方阵里，
它不懂得遗忘。
这种困惑让人觉出甜蜜。

而且，它还举着月亮，
领着比熟悉还熟悉的陌生，
在梓树底下唱着永恒的颂歌，
燃烧的样子使一面旗帜变成灰烬，
诅咒着炫耀和浅薄，
还来到我的梦里抚慰，
还把那个陌生安放在镜子里，
告诉人们，
对于灵魂，

没有熟悉和陌生，
有时候，
陌生的翻卷，
让灵动变得辉煌。
谁也没办法阻止，
那陌生的叫遗忘的根，
永远在孤独的天堂生长。

我设计并堆砌了一个完美的东西

我设计并堆砌了一个完美的东西，
为之动容为之向往为之欣喜。
由于世间关于美学的各种理论，
由于泰戈尔、托尔斯泰对美的描述和塑造，
由于宫殿的华丽辉煌，
把自己当作了杰出的设计师。
做梦也向往。
由于时间的脚步太悲凉，
由于梦的图像太模糊，
由于视野太苛刻，
我穿越到成百上千年前，
去拜求先祖之先祖。
由于世间河流太神秘，
由于地表的各种状貌太顽固，
由于我无法看到自己的丑陋更无法原谅目之所及的不悦，
由于太多的如我一样的人的偏狭，

由于太过频繁的完美标准的错综，
路太远，
夜太深，
莫须有的悲伤无法赏可能是美景的美景。
路边的景致赏不得，
心里的景致在远方，
那景致，
不用说，
在的，
也许，
还要三百年。

远山近水

石头房子

一

林子深处，有一座石头房子。

据考，是远祖遗传下来，七拐八弯地到了我手上。有人说是福德。我心里偷着说，这个礼物给我很对。

心闲心烦时都来这石房子里。

石房子四五百平方米是有的，砌起山墙的石头多为大块，东南方向的山墙开着一扇大窗，现在镶着的是厚厚的玻璃砖，从前怎么个质地，没问过。

有天下午，夕阳下沉时，石门洞开。平常这扇门不进出人，不开。门洞开处，进来一个牵了一条毛色很漂亮的大狗的男孩，他们出现在石房子正门口。

“哪里见过？”

我的脸上闪过一抹惊讶，还有惊喜……

男孩的头发露出淡淡的，不，极不明显的黄。两腮上写着可爱，还有成熟男性的风流和沉稳……冷眼看，那狗比这男孩个头都高。

光顾着看他了，我没说什么。只是觉得早就见过的喜欢。对，很喜欢，甚至疼爱，但不敢不能把他当成小孩子一样地招呼。不经意间，唇齿间滑出声音：

“见过?”

“见过!”孩子说。

“三百年前……”

这么小的孩子，调侃吗?

真的，好像见过，很柔，很亲。

我端详着他，一时间不知说点啥做点啥，竟在一个毛孩子面前表现出难以察觉的惶悚和束手无策。

他牵着那条狗进了门，他应该是在我招呼他之前进门的。我想问他我们在哪里见过面，我怎么想不起来了，但我没说出口。

“我帮过你。”孩子说话样子很沉稳，好像个子一下蹿到了一米八多。

“帮过我?”我这么问他时心里又确认，确实，这孩子帮过我。

“你说我是第一次帮过你的人!”他说。

心訇然洞开!

他帮过我?

第一次帮我的人?

他把那条俊气的花毛大狗安置在一条木凳上，还是满不在乎地看我，很老到地打量着房间。

“先生，请坐!”

他拉了一把沉重的木椅在原木的桌子旁坐了。我像招待老熟人一样招待了他。

桌上摆着的应该是奶茶和红酒，杯子有青色的瓷杯和方形玻璃杯两种。

坐下来，茶酒自便，他像个成熟男人一样让人有交谈的热情。其实，我倒真的想听他说说来历，可他却微微跷腿，端起茶杯又放下，满屋子打量一番，最后眼睛落在瓷器架边的一副砚台上。砚台陶土色，下边还有残缺痕迹，门字形。

他离席踱步到架子前："明代门字砚？"

看他那颇有城府的样子，想笑倒没笑出来。他说，可以赏光展出一副你的书法作品吗？我吞下笑意，轻摇头，说，我只是喜欢，不做。他望着那明朝门字砚，问，这砚可是正品？我点头说，这是高祖用过的，他唯一传世的作品是聂氏家谱，只可惜家谱不让女人保留，这砚在我手，是高祖有遗训，这枚砚留给本族最有学问而且能立言立说的人……

他重回座时，又归于沉默。

外面月光朗朗，一条石板路，两条狗，一条小的一条大的，移动的身影，一方门字砚，一幅画，一双大足。

那个七八岁的男孩儿怎么长了一双那么大的脚呀？

二

"酒醒何处？杨柳岸，晓风残月。"

醒了，不，好像还醉着。

我站在砖玻璃的窗前，也不知是我在梦中看见了别人的梦，还是别人梦走了我的梦。不知是现实还是现代，心里朦朦胧胧总是画作呈现。

感动，感伤，都很美。

对着石房子这扇玻璃窗的一幅画是真的，属于现实的月亮。此刻时光应该为月亮下沉时候，可这月，淡淡的满月为何从东南方向出发运行？不过，这月哦，在拂动弱柳的掩映下显得那样柔和，那样含蓄，那样伤感。我闭上眼睛，不敢多看一眼。好多的风景互相感染会生出更虚幻更美好更扰心情的东西来。一眨眼，一条悠长的石板路从画面上闪过，好像还有一条小狗跑在前面……这画面一晃被切走了。另一幅画面倒清晰起来：一个七八岁的牵着一条俊美的大花狗，山一样不摇不动的润满风流润满可爱的小男孩，与我对坐划拳行令……

一切是现实，不是幻觉。写作人恍惚间常常假作真真作假的，这本是常有事不为稀奇。我转回身，走到瓷器架跟前，那方明朝门字砚不在了。应该是那七八岁的哥哥拿走了。

他赢了拳，他赢走了砚。沉稳，老到，高贵，深藏包容宽厚的能力，那方明朝门字砚属于他，他配受光荣。

突然，一束，不，一片灯光，探照灯光一样照进来，灯光出处与石房子的距离被缩短了。闪烁灯光的地方有个模糊的人影出现，足足一米八多的个头，正挥毫泼墨……盯的时间长了，见那身影好像变成那大狗的雄厚模样，又好像有那小男孩的可爱迷人的神情。探照灯光不见了，林子里有脚步声，离石房子近了。我朝门走去，手握在门把手上，但没开。脚步离去的声音有节奏感。我的眼睛是眯着的，冥冥中，感觉到移动的身影，一双大足……

我的手机发出声音，微信里传过来的是一首诗：

林木深处，
一座石屋。

一扇门訇然开处，

一张六七岁的小男孩的脸。

沉静，

像成年男子一样的嘴上没有动弹，

眼角处挂着宠溺的笑意。

“我见过，什么时候见过？”

“三百年前……”

小男孩回答的瞬间让我身处孤独的忧伤里。

“你是谁？”

“第一次帮助过你的人……”

小男孩的手不断地往后伸。

一条花色的狗从他的身后现出孤傲的一张脸。

那狗过于英俊，

背脊与男孩的肩平行。

这条狗不是那条狗，

太高大。

背毛和尾尖涮着风流韵着高贵。

这个男孩不是那个男人，

太小，

什么人用一根麻线把他带进炽烈而如飞落水流一般的梦里……

话还没有冲出我的唇齿，

他便把那条大狗安置在后排座的木凳上。

小男孩俨然主宰了这小小的石屋，

英俊的大狗吹亮了星星。

“要做什么?”
风灯在我心中闪烁,
我认出了他,
——写满文字的黑杨树。

“你是谁?你要做什么?”
我在心里问。
“帮助你。帮助!”
小男孩从容地说。
“难道你的存在,
存在了三百年,三千年……
是为了帮助?”
黑杨树在风中作响,
飞鸟直面天光。

那条大狗的尾巴缠绵地摇着,
锦绣的毛发翻飞推动变幻着两个字:
宿命!

不必回忆,
我一直记得,
第一次被帮助,
瞬间变幻的方式又为帮助!

一条石板路,
一条不知明天是谁的小狗狗,

踩在石板路上，
没有印迹的印迹。
按着群星吹落眼窝里的乐谱唱着歌来到密林深处的石屋。
存在，帮助，宿命……

奇怪，那个小东西，划拳时偷走了我的诗。这是我刚要录出来的诗，一字不差。这个叫我二弟的小家伙，他像那明朝的门字砚，质朴而高贵，厚重而风流，有着无法想象的包容。

月色淡去之后是冷冷的曙光。石头房子的门洞开处留有一幅字——写的内容是那首牵了大狗的小男孩从我梦里偷去的诗。

远山近水

那个牵着一条大狗的男孩入梦来。

未见其人先闻其声。

“二弟，我来了！”

我迎出去，也学着他的样子叫了一声哥哥。

他把一大青花瓷瓷杯放在长条桌上，然后便气派地坐在藤椅上。

我说，来就来呗，送这么大的礼物吓人呀……

我低头去看，不懂古玩的我，嘟囔着，宋代汝窑的玩意儿，是，是河南汝州境内的汝窑所出。我偏过头看看，他也真的虎虎生威的，倒像哥哥的样。我的声音很低：

“你这是……”

“喝酒，再赢一回！”

我说，不是都赢了吗？赢去了拳，赢去了我们祖传的门字砚，又来赢什么？

他说，这次咱们公平输赢，想赢到啥，赢家说了算。他不等我说话，打开手机：

“发到你微信上一段视频，我刚刚做好——《远山近水》。你依据视频写诗作文，文与图合并能点明立意，你赢，赢家要啥给啥。”

下意识地，我的视线瞟到那盏汝窑青花瓷杯上。他朗声大笑之后说：

“好，赢了，这大青花归你！嗯，二弟，这也是我家祖传的……”

我心里打鼓，他赢了要啥？我给得起吗？我决计不言语，他人不大，城府不浅，看上去不说正题，其实，一张嘴，就意藏其中，啥也没说，啥都说了。这一点很迷人，太厉害！

他说，二弟，我回去拿酒，让我喝多少你说了算，如果我不醉，我赢。说着他就出门去了。趁这时候，我打开手机看了一眼他发给我的视频，什么蜿蜒的小溪，翻卷成菊花状的黄河壶口瀑布，还有沙漠上跋涉的人和留在后面的驼蹄印痕……初看，有点蒙，不过，心里有底数，我先去睡觉，梦里开了悟，几行文字，没问题……

可是，很快他就回来了，手里拎着大大的一桶酒，哦呀呀，二十斤不止！

“哥哥，打住吧，醉死，我陪不了命！”

我强令他拎了酒出门，他哪里会理你，个子不高，人好霸道。他把一字条往桌上一拍，开始往青花大杯里倒酒。

我见那字条上写着：自入门饮酒，酒事涉及人身安全，责任自负。他从我手中拿下字条放于桌上，从上衣口袋里掏出印台，把食指往上用力按压，然后使劲在字条上一戳，吹了几口气，递给我说，去写文章去吧！子夜时分交卷，我把酒喝尽，不够，你有酒赏我，日后还赐。

“哼！”不知气从何来，我什么也没说，到外面门堂里去，请出聂晋宇高祖留下来的南宋时期的青花瓷大缸——足与我肩平的大缸，灌满了水，把一塑料管插进缸里，拉了另一头交到要豪赌的人手里，说，既然哥哥要赌命，我这也是一条，那就赌，真看不出，你这么凶，这么不讲道理！

“我赌的是酒，你为什么给哥哥准备一缸水？二弟，谁不讲道理？越来越霸道，越来越离谱，难道你不该改一改吗？再逞强霸道，我会揍你，我是哥哥，你让我灌水？”

“不是水，是酒！满缸都是酒……”

我拿了手机往书房走，只听他笑成一团，去尝水缸里的酒！

“确实好酒，好酒……看把你能的！你等着，做不出好文章，看我如何收拾你！”

我进入直播间，接着听《晓唱红楼》这档子节目。我跟着贾宝玉进入太虚幻境。宝玉这个人德厚福厚，几世功德，仙人为他广开一面，让他翻阅了解金陵十二钗正册、副册又副册。这个贾宝玉，含玉混迹人世，携了满身风流步入生命大观园，对人间情义珍惜有加，一眼通透，惹下了深不能了的情怀……

还有一人福分不浅，虽没能迈入幻境，却也能亲临太虚徘徊，那便是甄士隐了。但他只是在梦里，刚迈进半步却醒了。

听了这一段直播，情肠满满，或许已经忘了门外豪赌的哥哥，知他来者不善，能量不小。到底我也入了赌场，这远山近水的诗文倒不能不作。

穹隆下，
或许没有仰视，
看见了星空的深邃之处，

一片黄色的菊花盛放，
垂下来，
黄河壶口瀑布。
北岸，
站在山西这边的一面铁索围栏外看到了情状，
但不是从东面跌下来蒸腾着从河底深处喷出的那一种，
是挂在北岸的一片菊花。
今夜有奇观，
奔腾着的菊花从天之穹隆处泻下来……

写到这儿，我顺着帘缝往外看，那位赌酒的哥哥喝得满脸从容。我得接着往下写：

我确实看见，
壶口瀑布从深邃的夜空中绽放着流泻下来，
菊花，无形有状的菊花，
按着它自己的形状流下来，
花色不断变幻，
由浑黄变成象牙白色，
不知为怎样的生命现象贴着标签，
一切充满了魔幻……

我再次看手机上的视频，佩服那位赌酒哥哥的艺术魅力：他将一条沙漠引向远方，骆驼的形状小于人的消失点状，却突然留下一个特写——驼蹄在沙漠上留下的印痕……

没办法，生命的进程中总要留下生命个体的痕迹，留多一点的痕迹，或许又让生命多反思几许。

写到这里，我也可能酒醉衷肠，为大自然留下的让人无法想象无可言表的带了人之意志的美景感到恐慌……

等了六年只活六天的四色依米花；把根倔强地翻到外面长成疙瘩包一般小小山丘一样的根之族系，推举出比桃花还艳美、比柳树还婀娜的红柳；那被狂风吹起、游走沙漠或被掩埋或被扬起的永远不死的沙漠玫瑰，让我荡起不一样的心潮，让我几乎想要与远山近水相拥，流着泪，唱着歌，追赶着骆驼，仰天长啸……

我从卧室侧门走到外面，再从正门进去，悄悄地看看门廊里的那口大青花瓷缸。瓷缸漏底，干干净净，没留下一点一滴。

我重将清水添满缸，我进水缸之前将写好的文稿放到长桌上大青瓷杯前。桌上桌下屋左屋右不见赌酒人的影子，我那哥哥也如我在找他一般找我……

我刚刚在水缸里隐身，就听到一阵踩踏声，好像应该在藤椅上坐了，短时间的无声，他在看《远山近水》的稿子。我重新隐藏好，把绢帛，不，比绢帛还薄的若有若无的一层融在水面上，这东西与水相融应该呈荷花状……

“二弟，子夜时分已到，你在哪？我没醉……”

我忍着不笑出声。

“二弟，你出来，不能耍赖呀！”

“没输的人怎么会耍赖……”

他循声过来，我屏住呼吸，他自言自语地绕着大青瓷缸一圈一圈地转，他应该看见了浮在缸上的像荷花一样的东西，可他脚步不停，嘴不停：“这是花吗？”“这是什么颜色的花呢？”“这是颜色吗？”

我想笑，但千万不能笑，一旦笑出声，这个比我还倔的人说不定会用什么家伙什揍我一下。

我用低到不能再低的声音吟哦起来：

凡庸已是最普通的颜色。
有一种东西，是眉宇间的白光，
白，也还是颜色。
都是那份洞察力，
点燃了雪山顶上的花朵。
没有绽放，
不必绽放。
大雪蒙上了我嫉妒的眼睛。

梓树桃花

该开了！

今天，三月的最后一天，不要再迟疑！没必要，我只是花，花就要开，就要绽放，不必想更多！

应该说，我无法说清楚，今天，不开！

我抬起头，看见了那张熟悉的脸，宁静地沉默地望着窗外，不能说望着我。她一直那样望着，此刻，她想望到什么，千万别猜度，说出来，一定会错！

我很确定，今天不开，我没有理由不绽放；但是，今天我有理由，不在今天绽放。

月还是悬在头上，月光朦胧，月色很好，像是有很浓的情意。那暗红色的带提花的窗帘敞开着，像白天一样敞开着……那张脸朦胧着一种情意，只有通过想象才能洞悉的情意。也许，此刻，神韵里显露出少有的属于她独有的多情。不，此时的我，虽无绽放，我却是多情的。在这个窗外，也不知守候了多少年月，测度多少时日，确实，我无法读出那眉宇间的情意。

我的心沿着一个轨迹要走回到一个地方去。在地上，在林间，在空中……

我听到了，她听到了吗？到底是谁听到的？雁叫，是雁叫！北飞的，还是南归的？哪里会分得清呢？我抬起头时，她已低下头，确定，她没有去数什么大熊星座！或许，她早已站在了那座永远属于她的石桥上，去望一会儿变成一字形一会儿变成人字形的雁阵……她望得很专注，她的灰色的神经一直镇定地从容地走在自己心底深处的征程上……其实，我想读懂她！为什么要读懂她？也许是因为读不懂的原因吧！读懂读不懂都毫无意义，毫无必要！可是，我固执地认为，我一定会读得懂。也不知，那个月色很好的夜晚，她看见的是南归之鸿还是北飞之雁？无意间，她转回身与我背面相对的时候，我听到了雁鸣，也听到她心底的哭声。其实，窗外守候的日子，我有些明白，但我无法挥袂相携让她任性地活。在这个月色很好的深夜，她是如何听到南归之鸿的飞鸣，竟然泪流满面，那点燃雪山顶上花朵的眼睛蒙上了忌妒之情。这时，平日里，她韵在骨子里的高雅和温情遮住了那份难以察觉的任性。可是，我不知，为何，不容那只归鸿？她总是随时随地地制造一个新的世界。这就是作为桃花，作为守候窗外的桃花的一份真诚，也是到了应该开放的理由。我猜度，用不了多久，她就要离我而去了。若不是因为我的这份守候，或许，这片木栅早就没有了她的那份忧伤的神情。我不得不这么想，我一定要读懂，以让她也有一份自慰的理由，让我也不辜负作为桃花夺人心魄的艳丽……

很确定，那旋转的暗红提花的窗帘一夜没有闭合。那双眼睛也一夜没有闭合。也很确定，那只归鸿再也没有夺走桃花的神韵，没有再赚取她的眼泪。我知道，她很容易抹掉庸常的颜色。

暗红色窗帘的那一边，响起了豪瑟的大提琴曲，那首在克罗地亚古城演奏的《教父》的主题曲——《柔声倾诉》。

我是听着这曲子在小区院落里游走的。我来到东门那片已经完全开放的桃花下面，白粉的，淡绿的。那一刹，像是明白了点啥。当年，园林设计师、园丁们为何没有弄成这样的一片，淡淡的，隐隐的，白中有粉，绿中有白……为何让我以浓浓的粉，粉红在那旋转的窗外守候，她并没有怨恨，但我知道，这类庸常的颜色常引起她无端的愤恨，其实，她并没有在出生之前就选定了独处的方式。

今晚，我进入了她的梦，我想梦见她梦里的世界，我想出把力，去开拓她喜欢的我也企盼的完美世界。我听见了她会意的笑声。终于，她可以自带世界。

也许，窗帘后面的鼾声给了我一份宁静。月亮在我的后面照耀我，我的目光落在了我面前的那几棵，严格地说，是那一棵梓树上。

梓树毫无绿意。

它好像从来没变过姿势，就那样站立着。

它那皴裂的褐棕色的干，还有那虽干涩但绝不坠落的条状的种子，还有那虬状盘旋的经过造型师塑琢的杈丫间飞翔着的音符，激起了什么人的艺术灵性。它让我看见让我想起逝去的岁月里我们拥有的曾经的样子。就这样，我们独立存在，近在咫尺又绝无牵绊。而且，我们从未动过换一种方式存在的念头。我发誓，在这个被月色涂染的时刻，春天刚刚到来就将褪色的时候，帘子的那边、木栅后面的那忧伤的面孔，竟在构思着恋爱的场所。为什么，在这个月色很好的夜晚，我深情地面对那虬枝皴干，我“带着强烈的温柔震撼发现”（菲利普·拉金），那看似冷漠、冷酷又伟岸的梓树，竟向我伸出手，又微微地往回缩着……

应该绽放，但决计今天不绽放的我，心里默默地想着自己绽放后的风采，忍不住要在今夜绽放，这近乎本能的律动，被月投下的烟雾罩缀着。我望一望脚下松针枯骨的土地，突然羞红了脸。我从梓树的骨髓里发现那磐石般的忠诚也许并不真实。恰恰，这个念头生出时，我听到了一声雁鸣，蓦地，木栅后那张面庞也变得清晰。我知道，她没有看我，也许她打量梓树之后正侧耳谛听那南归之鸿的鸣叫，她在为什么人身后的爱情而嗤笑。甚至，她在痛恨。谁，什么人，在最不应该的时候用最不应该的词语或枝条引发她不该产生的思绪。甚至，她连瞥我一眼时的目光都写满了厌恶，可是，都怪她从雕塑家手里买来的那份风雅，她不想听那鸟叫，连我都想帮她迅速刷去那一声雁鸣。或许，根本就不存在那一声南归之鸿的鸣叫，都怪今夜月光太朦胧，水墨调得太浓，误写笔画，让这梓树多添了丫杈。

我希望月快些收回面庞，希望暗红色的窗帘敛起轨迹，当微曦初露时，我的枝头被染红。

东天边那粉色晨曦染红了我。一朵粉红营造了这个美的场所。

我看清木栅后的那片容颜，头一次见她温婉地一笑。我知道，因为我的开放。我开放的时间吗？我开对了颜色和状态吗？也许都不是。

我就那样无声地和那木栅后的生命胶着。我不再指责她的矫情她的不懂事，她也不再为我粉红颜色庸常而难为情。我知道，此时，她的所见所思所想早已飘升到爪哇国去了。有幸，我洞察到她思维的脉络，我看到了她的梦，无意间胶着在一起做了一个不属于自己的白日梦——一个活在现实世界，却弃之真实世界而不顾一切，理直气壮地营造一个新的世界的人。这里艳俗的桃花成了千金难买的艺术品：虬枝盘旋无叶无花的梓树将它的高贵幻出身影印在艳俗的桃花之外，把存在透视到不存在的空间之外，梓树桃花印肤不衔，在她营造的奇怪恋爱场所里，尽享艺术甘甜。风飘影动，木栅后面的那忧伤的面容平添几分愉悦，她架在心里的那副摄影机摄下了叫作完美的片子。这片子里，没有雁叫没有鸿鸣。

梓树印桃花，让她笑让她哭，泪水痛痛快快地湿了她的衣襟。

姥姥·家

一

推开柴门，
缓坡而上，
大小不同的石子砌成的台阶。
石子有颜色，
没有亮光，
年代久远。
最后一级平整开阔，
不知哪位神仙从平遥古城移来了民居，
也许，
这大大石灰色的建筑真的属于王家大院的附属……
踱步环顾，

院墙，

牛羊猪圈的墙，

鸡鸭兔的窝棚也都是石头栅成的“国界线”。

这里储存下“帝国”的神圣。

二

跟我姥姥有关的人住在这里。

跟我儿时的快乐有关的丝丝缕缕地挂在房墙东侧的一棵大枣树上。

入秋了，不，深秋了。

一枚，也许是两枚，

红得有些发紫的枣挑在枝头。

踩在石阶上，

我望见了，

我的心在够在摘那枚枣子。

小狗汪汪地叫两声，

讨厌！

倚着石墙，

打量那枚红紫色的枣子，

鼓鼓的，亮亮的，好像一尘不染，

从挎包里掏了半天，

连个铅笔头也没掏出，

无法画出来，

怕，真怕，

风将它摇落。

迈过石墙垛，
只能踮着脚尖仰望，
摘不下，
画不出……
从宫殿一般的石房里走出一高高大大的男孩儿，
手里拎着长长的木竿，
对准树尖，
对准那亮亮的红紫色的枣儿。
枣下落时有点染了黄的叶儿也掉了一片。
枣没了影魂，
我的泪珠挂在了睫毛上。
讨厌，
枣被弄丢了弄脏了。
弯下腰的他，
好像在什么隐秘的地方捡到了枣。
他猴急一般往石屋子里跑。
“讨厌，我的枣子，那是我的枣子！”
我想喊一声姥姥，没喊出。
这是姥姥家，
没有姥姥。
他从屋里出来时，
手里没有打枣的竿，
只有一枚又大又红又亮的枣，还带着淘洗过的露珠。
把枣往我手里一塞，轻轻地拧了一下我的脸蛋，
我哭了。
他抱起我：

“你可真讨厌！”
我抓住他的耳朵尖，
又哭又叫：
“讨厌，讨厌！”
他是舅舅的儿子，
其实，
他是世上最有担当的哥哥。

不知什么时候，
天上飘雪了，
树上挂满了雪枣，
有担当的哥哥手里握着格桑花，
躺在了雪山上。
山下一条无声的河流，
一只孤独的鸟，
一幅幻出的带脚步声的图画。

三

我向宫殿后面走去，
我在石屋后面寻找。
忧伤的风刮起山墙上挂着的帘幕。
帘子动处，
是白底红花的棉袄，
穿这棉袄的人只露出一个后背。
我问她，

你是谁？

……

“你在做什么？”

“在想我的母亲。”

“你的母亲？”

“她的房子漏水了……”

我在造访死者，

我唤醒了什么魂灵，

阴影里，我在寻找尤利西斯装在口袋里的词语，

我想这些他积累下的词语塑成别的词语：

寻找，思念母亲！

我的母亲在思念在记挂她的母亲。

她驾着云带我进入从未预言过的情节，

她指给我山顶上的一个潮湿的坟头。

那是她母亲我姥姥的宫殿……

四

如果活着，姥姥 112 岁。

姥姥走的那一年，世界上还没有我，

我还不知道我的妈妈在哪里。

我看见一道薄薄的面纱飘过耀眼的雪地，

忧伤将雪吹进她的头发，

我的母亲似乎朝后看了看，

作为聚成形的灵魂，

母亲应该能看得见我们，

舅舅和我。
舅舅是姥姥从本家过继得来的儿子，
拟制的母子关系不错，
舅舅说，上坟添土的事从未荒疏。
沉默前行，
叫作神圣的东西纵身一跳，
变成了一只黑身花尾的鸟落在远处山丘的一根孤独枝丫上。
望着那只鸟的模糊的影子，
我的心中有一个奇妙的精灵在动。
舅舅说起往事，
好像有一滴眼泪撕裂了失忆的夜晚。
他说话时，
我的心好像睡在不远处的一座坟门边缘，
看见一个矮个的妇人舞动着黑色的绸缎向我走来。
她被裹在黑色的梦里，
她好像说着关于赞美关于孝行的话，
她跪在地上，轻轻地祈祷，
然后举起双手，
喃喃地说，
如果双手将你放飞，孩儿呀，
你会飞向何处？
说着，
她将一瓶绿色的弹子球放在我的手中，
她说，活人的世界，
有那么一类，
心在唇上，嘴在耳朵里，

心里想着对你环绕双臂，嘴却随风吹走很多人愿意接受的毒菌，
也许，他们为了聪明为了想象中的主宰。
孩子，
在他毫无愧意之时，
往他的喉咙掷去一枚绿色的弹子球，
直到他面颜完全涨红……
姥姥往我耳边吹着气说了一句密码缄口。
让要聪明的激情死在心里。
你去踏破世界，鞭打那些一定要踩踏你脚以自娱的蠢货。
那黑色的精灵像个玩杂耍的艺人，
一边说一边把手中的球递过来，
“世界悬在一根草上”，
“用你的胸，你的眉打破胆怯”。
孩子，你的母亲一直陪在你左右。
这黑色的精灵笑了两声消失了，
红花的天使笑了两声，
绕着坟头舞动，转了三圈，
化作了一缕轻风袅袅升起。

山不高，
坟头很小，
坟头上压了红绿方纸，
舅舅上过年坟不是谎言。
舅舅和我扫了扫坟的四周，
跪在坟前，
等一小捆香燃过，

舅舅磕头我烧纸，

我买了很多很多粗糙得发黄的纸，

那纸上的版印都是舅舅亲手印上去的。

坟墓南面的那棵孤树吱吱作响，

残存的枯叶一片两片地落下来，留在雪地上。

舅舅嘱我在梦里告诉我的母亲不必牵挂，上坟添土的事不会有错。

伴在舅舅身边，

我笑了笑，

想说母亲托我给她的母亲上坟，

不是为了她的母亲，而是为了她自己的女儿。

我想把绿色的弹子和杂耍的黑球给舅舅看，

怕他多虑，

也就没出示白骨的真相。

孤树的影子变成了一个黑点，

远处传来一声两声的鸟叫。

一路上，舅舅讲述着姥姥踩踏世界的故事。

他，不，还有我，

把一种信仰镶嵌在一起切断又黏合的时光里。

给拜伦过生日

一

其实，我坐在那本大书的书脊上望海的时候，
并没想到日后会品出忧伤。
广场很热闹，
天地间黑暗，
听不到海水的声音，
看不到海水的颜色。
我把屁股下的图画分成两半，
一半是喧哗一半是静水流深。
我几乎忘记了身边那位大连美院的女生，
相约在此完全是因为谈她父亲的事。
跟我写着的一本书有关。

跟法院签了合同，
不签不行，
陆柏一遗赠一百万元委托我续写他的后半部书；
素昧平生的信任感动了我还是别的更玄妙的原因，
有时候，
人一辈子也说不清，
跟自己有关没关的事。
签了约，
不写不行，赔款太冤枉。
没想到为陆柏一重拟题的这本《樱桃花前》让我见了世面，
让我在“大象谷”上空的索道上因没看到大象而迷茫而怅惘。
其实，我已将陆柏一和《樱桃花前》的枝枝脉脉绘入心图。
无，正如有，到处都在发生，
与陆柏一女儿的一番长谈，
萎靡纷乱的丝线头几乎要清空《樱桃花前》的楼阁，
还好，陆柏一的女儿和我约定明天出发同去峨眉山，
她断定，她的父亲没有死，就在峨眉山上。
宇宙浩瀚，
世间到处都会刮起携着沙尘的风，
就像我这样与我当事人的女儿踩在病态的地板上一样，
我依在靠海的这一边，
她依在靠近喧嚣繁华的那一边。

二

夜已深沉，

我确实无法看到大海那从未止息过的碧波。
我无法听到在沉闷远处的低语，
《樱桃花前》情节荡然无存，
主人公陆柏一也淡去了轮廓，
不知什么时候，
他女儿踪影不见，
回到大学里去了。
大海突然引出一片喧嚣，
震得贞操碎了一地。
六世勋爵拜伦早已忘记了带着一岁孩子搬回娘家的妻，
——安娜·密尔班克小姐。
竟然，
这么多年，
我一直记错他的生日，
拜伦生于 1788 年 1 月 22 日，
可是，多年以来，
我一直在我生日的第二天——2 月 21 日为他过生日，
一包饼干，两瓶苏打水就可以了。

也许，此刻，这个跛脚的诗人正在西西里岛上为巨著《唐璜》续写，

就像陆柏一立下遗嘱找人续写一样，
不为立言立说又为何？
她女儿一口咬定她的父亲隐居在峨眉山，
我想，也许，此刻他与拜伦同在西西里岛上磋商续写的技巧。
我仿佛看见了两个暗影，
又无法将他们从阴冷的背光处分辨出来。

这时，
大海将歌声传过来，
断断续续的：

一种令人困惑的悲哀在林中，
谁迷了路，
谁沉默，
沉默在水中……

三

并未远离尘嚣的海滩，
夜越发神秘。
是你，
让我沉淀了孤独。
如果陆柏一在西西里岛，
今年，应该把生日宴办到岛上去。
宴席间，
我们是否能听到陆柏一真诚的坦白，
为何自杀，为何死去？
不，
为何制作假现场，
将另一个假现场隐去？
我们能否在这个生日宴会上听我诵吟没出生前就记住的诗句：
“若我会见到你，事隔经年，我如何和你招呼，以眼神，以沉默……”

陆柏一见拜伦将玫瑰花举过头顶，

然后在我面前跪下大声朗读：

“爱我的，我报以叹息；恨我的，我付之一笑。任上天降下什么运气，这颗心已准备好。”

如果这是我出生前就希望的梦境，

我会自然地唱起羞涩的歌赋；

如果这是昨天的梦境变成的现实，

我会很绅士地将他搀起，

朗读我早就烂熟于心的拜伦的诗句：

“逆境是到达真理的一条道路。”

当然，

作为礼节，

我接受了这位乔治·戈登·拜伦的拥抱。

我说，

如果，人类永远有婚姻形式，

我会阻止我的儿女去娶去嫁你，我，我们这一系列的人，

无法用该有的生活去丈量人的天性……

陆柏一笑着流泪，

把酒杯举过头顶，

缓缓地走到拜伦面前，

携起我的手，同举杯唱起了生日歌，

用汉语，用英语……

祝你生日快乐，祝你生日快乐，祝你……

四

海滨广场趋于平静。

大海默默地用它该有的语言在这本打开的大书上真情地书写，

至于内容，

该懂的自然会懂。

我掏了掏背包，

确有一包饼干，

周边没有卖副食的店铺，

就用这瓶备用的纯净水代苏打水吧……

推上喉腔的只有亲爱的六世勋爵的诗，

也如你所说，不只是在书本上读他们，我是想看看人类，

那就让我再一次以你浪漫之歌为你生日献上一曲吧：

“假使我又遇见了你，隔着悠长的岁月我如何致意，以沉默，以眼泪……”

永远抹不去的曙色

一

从火车上走下来，
一点闪耀的星都看不见。
小站。
拉着母亲的手，
看见她牙面上的光，
她的笑，
一根缆绳甩过，
串联着两颗心脏。
记忆为步入黑暗的两个人照明。
铁轨的南面，
应该是云状的一团一团独立而又粘连的树头。

动成波浪一样的云团在黑色的海上漂移。
不要再想下去，
再想下去呢，
吞噬母女两个的狰狞的兽头……

二

无鸟的寂静，
有一种渴望在遗忘中潜行。
此刻在哪里？
路在哪里？
奔向的目标离脚下还有多远？
往远处望一望，
记忆和幻想告诉你，
也许那些在黑海上漂动的树头将天和地锁在一起。
诅咒，
诅咒这黑夜，
要到达的那个点在一团乱麻中。
母亲松开我的手，
我感觉到她的从容。
牙面上的那抹亮色是送给我灿烂的花束，
她知道，这是对我也是对她自己的鼓励。
我挽起她的臂膀，
像跋涉在旅行路上的两个姐妹，
不知是怎样的抑制，
怎样的默契，

谁也没对谁说出一句鼓励的话，
需要安慰的两个人谁也没有流露些许慰藉的话。
现在，
我还在追寻，
那个暗夜里谁先流出了眼泪，
哭时有没有出声？
我只记得，她的手从我臂间滑走，
一个人走，落了我几步，
我赶紧了几步，
捡起了她滑落在身后的包裹……
天，黑暗，与前时色差发生着变化。
“要亮了！”
她说的？
我说的？
同时说的？
此刻，
这会儿的我正在流泪，我想哭出声。
此刻，我的心在寻柯布西耶的朗香堂，
我的脚在那座紫褐色的山峰上攀爬，
我以为，我听到了“日出前的钟声”，
哪怕是幻觉，
因为，钟声响起，太阳就出来了……

三

我并不知道，

那个小站，那个暗夜，

蘸着心肌渗出来的血记录的那抹母亲牙面上的亮光，成了永远抹不去的曙色！

我不应该问谁是最后淡忘初心的那一个，

但是我知道，

“人的内心永远会有不期而至的饥饿……”

我们下了路基。

下了路基便置身于林子中了，

只能在没有路的路上走了。

也许林子里有风穿过，

也许记忆中的小绿叶在最细小的枝丫间绽放，

也许，那个要投奔的远方亲戚的笑脸给了我鼓励，

我的笑声让风捉去，

虽然，她先一步在前，

但她撑不住了，

虽然她还站立，又迈出了一步。

我提着心，

但我看见了被我藏起来的另一种真相，

我不能袒露出就要哭出声的恐惧。

我哼着，

但绝不是哭吟，

“假如你能保持镇定，并且等得起……”

我挽起她的胳膊，

下意识地继续“假如你能保持镇定……”

母亲不是诗人，

她懂诗。

她的牙不停地闪耀白光，
有诗从她嘴里滴出来，
不清楚，
“快死了吧……”
但愿这是耳误。
没有恨自己，
说不出劝导的话，
我只是挽起她胳膊，
在我吟诵拉金那句诗的时候，
又多了一层重唱：
“假如你能保持镇定，并且等得起”，
“等得起，等得起……”

四

那个暗夜，
白沙堆上，
两副肩背贴在一起
——支撑着。
握在手里的白沙土流在地上，
——人字。
叶儿一样的东西轻轻扫荡，
——心灵的抚慰。
我问她，
妈妈，你看到了什么？
——一筐西红柿，

上面盖了一层绿色的草。
她咯咯地笑出声，
她牙面上耀出的白亮光刷白了地平线吗？
一位个子不高的老人走来，
他从生产队的田园走来，
他是一个把爱放在筐子里放在草叶深处的人，
我叫他表姑父。
我的眼前幻出的是灰黑色的瓦罐放在立着的两块砖上，
熬药的烟熏出我的咳嗽声，
避在姑姑家偷一点宁静和宽裕的烟火，
或许，母亲牙面上的光会耀出更多的亮色，
从此，肝不必硬化，不再硬化……
来自心脏缝隙里是一丝舒展，
擦亮了无趣的天空，
正念呼吸拂去这带酸味的时间，
习惯溺想未来的灵魂又走在天空下。

五

应该记得，
应该永远不能抹去，
那拖着绿影的白沙土堆。
妈妈，岁月将你埋葬。
妈妈，那个互相支撑的暗夜，
那个最懂得抚慰的荒郊野外的白沙堆，
流出指缝的白沙，

在那个无助无奈的暗夜里写出了中国最端庄的汉字，
——人字。
支撑，依托，抚慰。
谁把这端庄而神圣词用行为说明白，
谁就是爱人的人。
妈妈，你是爱人的人，你是爱我的，
苍白憔悴的脸被太阳和月亮同时遮掩的你，
按住死亡的七寸，
还让牙面闪出灿烂的光亮，
在我生命的髓缝里刻下永远抹不去的亮色。
只是，
那些岁月，
那些时候，
我不敢安慰你，
只有肩背相依支撑，
妈妈，你知道吗，
你那嶙峋的肩胛骨碰疼了我的手，
我的心从此未敢安宁，
只是小心地收容着那抹不去的光。
妈妈，你看，
我又来到这片林子，
又是一个很黑的夜晚，
我坐在我们坐过的白沙堆上，
只是写不成人字，
没有肩背的依托。
望着你望过的地平线，
我看到了那抹永远抹不去的曙色……

那儿，你的世界

火车站。

走到月台上。

想写下那个字，

想说出那个字，

手口都会颤抖，

眼泪在眼眶里打转。

——家。

——儿时的家。

——心灵的家。

我没有哭。被眼泪润泽着，被爱的暖流抚慰着，随着人的脚步，迈下车厢最后一个台阶，立于村头小站，迎着风彷徨，风吹碎了泪水。

从村口小站到家不过十几分钟的路，可我足足走了一个小时之多。打开眼罩看的，迎着走过来的，手里握了抹布赶上来拉了我胳膊的……

“回来了！”

“哎呀，多长时间没回家了！”

“还没变，闺女……”

辨一辨，不用辨的，不用多想，她们是乡邻，是叫上名叫不上名的婶娘们。也不知，哪一位曾经把我抱上炕递过筷，让我吃她们的饭，喝她们的汤。

三三两两的，顺道不顺道的，陪着我往家走。问着，打听着，她们都在说着生活的悲喜，诸如杀猪宰鸡、儿孙娶妻生子、挣钱收粮，家长里短……

家里的大门完全开着，一条守门狗卧在那眯着，叫也没叫一声。站在门口，依门相望。我没有再往前迈步。没走错门，这是我的家。

可是，这已不是家！

这里没有娘，没有妈妈！

家？我的家呢？

我不再遏制自己的情绪，我允许自己放情，我怂恿自己哭出声，大声地哭出来。也许，这次逡巡家门，就是为了一哭，无遮无拦地一哭，不涉及出丑，更不要记得什么修养之类地哭一场，有由无由地哭一场，从此不再感到任何憋屈、任何憋闷。这是我的家，想哭就哭想笑就笑，直到我悄悄溜进房东边茅厕哭出声擦去眼泪，我才确定，我回到了家。好像，我感觉到妈妈正把手纸递过来，她满脸都是笑。我想，她知道我回来，她也回来了。相拥相抱时，我又哭了一场，感觉中，她一直无声，她轻轻地拍我的背，没错，她是母亲，她是娘……

这儿，是我的世界。我感觉到了！这是我的世界，只有感觉到这是我的世界的时候，我才有了爱。如果，你能把世界看成自己的世界，那么，此时，你在爱这个世界；那么，此时，世界正在伸展怀抱——爱你！那么，此时，你在家中！

叫红梅的小辈做的午饭异常丰盛。她说酸菜猪肉馅饺子里的猪肉是鲜的，这鲜猪肉是四奶奶家刚刚宰的猪的后腿肉……

大家午睡时，只有小狗汪汪地叫两声，然后，院内一片宁静，前家后院也都归于安静。趁这个时候出门到北面稻田地里去，想来一路上不会碰到乡人邻里，也免去一些招呼礼数……

一条南北贯通的土路，碱土路，春天返浆，坑洼不平。现在是夏天，中午的这条土路显得平和宁静。我在路上走着，我走在这条路上。这路是我的。无意间转动脖颈，左右并不见一个劳作的农人。只是那个被称为孤岛的被弃之不种的稻池依然惹人眼睛。恐怕，这是岁月的见证。记得，这三百余亩旱田改水田之初，这个一亩二分地多次抓阄被抛弃的一块，工分涨到九百分，配剂的粮食到了一百斤，还是没人敢要。能种植水稻的田地，必须达到寸水不露泥的标准，也就是说灌上一寸深的水，不要露出土来，本来是大平小不平的碱地，要达寸水不露泥，要求不低。如果达不到这个水准，稻田会出阴阳池子，一半苗涝死一半苗旱死。这就是三百亩水田中间空余孤岛的原因了。

向孤岛走去，这片土地昨天发生的事历历在目：在这片土地上，下雨出酱油汤，刮风起白霜，玉米棒超出拇指粗的很少，农民们捧着金碗吃不上饭要到粮站去领配给的冒高粮，人们过的是半饥半饱的日子。盐碱地，明白吧，改造盐碱地才旱田改水田，明白吧？当年在这块土地上挥汗拼命的人今天要费力地说清一个词语都这么难！在毒太阳下，在碱土路上走着的我，终于明白什么叫生活方式，终于认识到不同的生活方式决定不同的世界观了。有时候，你一定要信仰点啥，你也一定要感谢点啥，如果你从来不知道感谢点啥，那一定是浅薄的东西，一定是注定终生糊涂终生无用的东西。这热火的中午天气，我竟这样地唱着跟忏悔跟自省有关的歌，也许遭人唾弃。当年，七拐八拐，我写坏了剧本惹了事，就被派到原本属于我又被我厌烦千百遍的土地上，可能我天生胡想八想的坯子，所谓的愿意创新的人，便和一些人在这做梦，硬是把碱疤瘌地改造成了水稻田，可以不吃冒高粮而一日三餐吃白米……受人赞美，你明白吗？不是上报纸上广播那种吹捧的，而是几百户庄稼人愿意听你摆布，甚至你嚷几句喊几句没人恼你，老的少的都听话，哎，那是一种受宠，明白吗？哎，一个书生，穿的戴的做的说的都不一样了。怎么不一样了，在吃不上喝不上的半饥半饱的农人面前，你敢摆谱吗？你敢“之乎者也”不说人话吗？……今天的我，不感谢点啥行吗？谁把死人说成活人我都不信，让人填饱肚子把面包拍到面前。哎，命运对我很公道，让我成为一个会干点活，对自己对别人都有用的人；让我不凭哲学理学看一眼就知道谁是人谁不是人的人；让我这个本来终日摇头晃脑背书本不知天圆地方的人成了一个敢于该咋活就咋活的人，你说，不感谢点啥行吗？不行啊！感谢那片土地，让我在上面做梦；感谢那片土地上老的少的竟然听我的话成全了我；感谢我母亲一味信任一味支持，趁着弟弟妹妹上学偷着炒一盘韭菜鸡蛋偏爱我的人。到现在，我一直对对我信任对我偏爱的人顶礼膜拜，对扯闲弄虚的人不感兴趣。好了，好了，脚一踏上这片地，胆就变大，心就变宽，声音就变得好听，你明白吗？这是我的世界，在这里，我是个被爱的人。当然，你不必觉得我可笑，如果没有这一片地，如果没有这种感觉，我的生命不会蓬勃！假如，跟我姓氏有关的人都不在了，来到这片地上，我还会把这里当成我的家，没人能赶走我，虽然户籍早已不在。我疯了，没人明白，此刻的我像被爱情燃烧的少女，我会自自然然地唱起羞涩的歌赋。为此，我会永远幸福着。

在那片孤岛前两排进水渠第8号池子进水口草坯前，我停下脚步。瞧两眼，行家就能判断出来，这家人，今年没有给池口换新草坯，边沿残缺，凹陷处冒了发黄的草芽尖而且不茁壮，还有发黑的趋势。不用说，这家主劳力年轻劳动力说不定外出打工去了。这一次我准备在家多待几天，问问红梅这是谁家的责任田，跟他们聊聊隔年不换新草坯，池口附近插秧时苗不好返青……

坐在渠埂上，脱下鞋子，扯掉袜子，把两只脚伸进池子的水里，爽！已不觉中午的炎热。只是，正在进水的田池里，水清凉凉地冰脚，我站起身，拎着两只白色的凉鞋，从池间的窄坝埂上蹑足而过，腰稍前倾，怕失了平衡栽进池子里，弄一身泥不说，踩断稻子的虚根，影响灌浆，让主人知道了遭骂。我在排水渠的坝埂上坐了，两只脚泡进排出去的已被晒热的废水里，舒服，温乎乎，熨帖……不必看天，不必看地，也不用去想跟应酬跟讨好跟改善人际关系有关的所有事。这里是我的，我是天之骄子，我拥有，可以依、可以信赖的怀抱……这里，这时，我拥有爱人，我爱着，我被爱，幸福的滋味……

蓝天白云下，你被爱神隐去衣裙；宫闱之中，你被妃嫔侍奉，红巾翠袖擦去伤情泪……

从前，从前的从前，把奶奶做的新布鞋陷在刚拖完的稻池里，屁股坐在秧池上粘满泥浆，深夜打井拽着粗绳子大喊大叫哭不像哭笑不像笑男不男女不女的熊样，总是以为日后有偿还幸福的那一天……什么软床柔窗，什么轻提罗衣温言细语势必把人间幸福尝遍……不错不错，倒也有绿肥红瘦好景致，被人宠溺的七八岁的小女孩尽情地享受水之柔情、天之朗阔、云之含蓄。老实说，早几年，母亲还在这里时，我常常回，随时找到理由，找到时间回到村头小站，回到家。这儿，是我的世界。在这儿，我爱过，我付出过！这里，妈妈在，爱人在，世界上一切我想拥有的都在。此时，阳光很明亮，天很明澈，云千娇百媚，为我一人。没想到，没想到会使用文字的今天，我为天下最美最浪漫最高贵最神秘的事物留下了这样的定义、这样的描述。

原来，我拥有了爱。

原来，这就是我的爱。

此时，这儿，是我的世界；

此时，我正在热爱，热爱着这个世界；

原来，爱是这样的，

原来，爱无须有丝毫的雕饰丝毫的避讳！

原来，爱是对自己的失去，是对所有蝇营狗苟的放逐……

我知道，我唾弃直白；我知道，我对婉约是独尊独享。然而，今天，我放大了忧伤的范围，忧伤是美丽。今天，这世界是我的，我爱着的一切和宠溺着我的一切陪我放情歌唱：

这儿，是你的世界！

识　破

一

看着一位画家的书法作品，我在沉思。

什么“道可道，非常道”，什么“玄之又玄，众妙之门”……老子，也许，我认同，在未名出生前，我拜请本地知名画家书写了《老子》的第一章。未名出生前几天，我把它贴在了婴儿房间里。

我在医院妇产科走廊里踱步，脑子里满满是这幅字画的状态。

神圣感油然而生。

“哇”的一声啼哭激起了我从未有过的创作欲。潜意识，我拥进了产房的外间。抿在头盖上的黑头发，叠着的皱纹，这就是生命的初始，这就是生命初始的一瞬。

“初始”“神圣”，一些词语掺杂着虔诚之心沉淀在我的记忆里。

记得，那个夜晚，我的大脑一直兴奋着。那亲爱的孩子的声音，还有被时间见证的一切。

阳光和云朵幻化出的音符被我按住，谁能说清呢，一百多平方米的生日宴会厅的布置让人感觉出配乐的怜悯。

此刻，宴会厅空无一人。轻轻地，门打开了，穿了蓝底红图案背带裤的未名蹒跚着进来。此时，她满一周岁，她就以那样的不含任何意义的微笑迈进了厅堂，走向了世界。在厅堂的尽头，特约摄影师站在墙的角落，肩前倾，腰微猫，不停地变换着姿势。

他们只进入自己的角色，没有摆布，没有呼应。

“啪！”

小未名摔倒了，瓷砖地太滑！

在门外，我用手挡住了要冲进去扶孩子的妈妈。

这是一个个体的人单独地没人抱没人扶没人领的世界，这是她的第一次，她看到了什么，想到了什么，她害怕了吗，恐惧了吗？这是个永远的秘密。现在，我们不知道，若干年后，她捡不回那种记忆。现在，印在她脑海里的是什么呢？

从拉开序幕到生日宴会高潮，这孩子磕倒了好多回，但没哭，只是咧着嘴笑！她感到好玩……切生日蛋糕时她笑了两声，还抓了一小块送我。因为蹒跚，因为大劲，蛋糕掉在了地上。她一边捡一边笑，把蛋糕送到我嘴上时，我也笑了，不知怎的，有眼泪涌出来。

“别哭，好孩子……”

她会说完整的话了，她能把《老子》背到二十二章，书上有我亲自按的“背诵 100 分”的图章。

二

春夏秋三季，每个周二的上午八点三十分，我都会在人民公园门口出现。

等待。

等待未名和她的小保姆。保姆叫小红，二十岁左右，圆圆的脸蛋，嘴很小，说话带着笑。她上户前和我在一起有个把月时间，除必要的培训外，主要让她了解我的意图，让我们在日后的沟通上减少障碍，突出两个意思：有爱，有效。

周二，公园里的人少，找了一个相对开阔又少有人穿行的地方，我们把未名放在地上。

她乐坏了，蹲在地上，扒小草根，捡小石子，有了一番真的属于自己的天地。小红紧紧跟在她后面不放松，我悄悄地说，距离远点，她做她的，你做你的，不要让她觉得后面有人跟着她，她就放开了。偶尔地，就听她喊一声呼一声，高一声低一声的，偶尔说一句半句听得清也听不清的话。我们随时地应答着。不一会儿，她的声音少了，动作曲线发生的变化大了。她竟然要跑到一个恐龙雕像跟前，摆着手嚷嚷着要上去！

"不行，那可不行，未名，摔下来……"

小红急促跑过去拉她抱她，可她说什么也不肯离开恐龙，朝着我呼救：

"大姨，大姨——"

我走到她跟前，说："你想上去？"

"嗯。"

"上到哪？"

她指了指雕塑变细拐弯的地方，那一段平一点，应该可以坐。

"未名，我爬不上去，你爬，我又不放心，咋办？"

她默默地望着那个小平台，又望了望我，然后瞧了瞧小红，拉起她的手，意思是让小红帮她。我给小红交换了眼色，让她扶未名先往恐龙背上爬了一步……

未名上了恐龙背部，往上爬了一米多，突然停下来，望着越来越高的地方，有点怕了。我问她，还想爬吗？她说想。可并没爬，露出一副十分害怕的样子。我说，未名，咱们先下来，我们三个想想办法。“行，行……”她两个小手动起来，这让我害怕了，一不小心就会从侧面掉下去。

我们把她抱下来，坐在草地上，把水杯给她让她喝水。小红说，害怕不？她说，怕！小红说，害怕还爬？她指着那个小平台，笑着拍手，水从唇边流出来。

未名，我和小红愿意帮你爬上去，但不知咋帮哦……

未名看出了我诚心诚意的为难，她便依着我的胳膊露出安慰的笑意。我拍着她的肩膀，心里说，这个两岁的小女孩真懂事，真可爱。我们三个一起沉默了。真的没什么有用的办法。

她突然说，回家，我多背一章《老子》行吗？可怜巴巴的眼神让人受不了。我说，没事，未名，会有办法哦。是吧，孩子，活在世上，天天会遇到事，不也都过来了吗？我侧倚在地上，她一条腿跨上去骑在我腰上，说，这样就好了。小红的自行车后架上有根宽点的松紧带，我把我外面的开襟长衫脱下来拧成长长的一条，与那根松紧带接在一起，在她身后绑了三圈，留出一截长绳攥在我和小红的手里。未名目不转睛地看着，不动也不嚷，很自然地配合着做攀爬前的准备工作。

“未名，懂了，懂了……”

她摇头晃脑地笑着。此时，她是快乐的，但快乐到什么程度，我们很难领略也难以明白，只是帮助她快乐而已。

她像是有了充分的准备而且有胜利的把握一样，爬到离根部七八十公分时，她不慌不忙的样子真让人喜欢，中途往北侧斜了一下身子：

“小红，拽！”

小红轻拉一下绳子，未名身子正当了。她又不慌不忙稳稳神，直到她坐在那小平台上时，我提着的心才平静了许多。

在那里，她足足坐了二十分钟。我问她，好玩吗？好玩，当然好玩，她还说，小红姐，等我长大也帮你爬上来玩，可好玩了。

我本想让小红上去抱她，我在下面接她，这样快些，也安全。可她坚持往回爬下来。头朝下往回爬啥滋味，没问，她也说不清楚，但是这鲜活的滋味是记在她记忆的底片上了。

那天中午，我们一起吃了大排档，未名吃了很多饭，没等吃完最后一口饭就睡在小红怀里了。

小红突然说，大姨，我想早点结婚了。为啥？她说早点做妈妈……小红羞红了脸。

三

未名四岁半那年的秋天，我一个人带她去爬山，并不存在事先的预谋，但人们的想法不同，做法要受到牵绊。我总以为前人给予后人的东西应该更有用些。人这一辈子过得太快，如果人能真正早成长早独立，独立思考独立做事具有独立征服世界的能力，长大少吃些苦多些有效性就好了……

爬到山腰处，未名有些累了，我们便坐在路边。路边有一片一片无名的小紫花，未名很喜欢，她好像是问了一句，我可以采花吗？我言不由衷地说了一句，采吧，采吧！下山时，守门的人把我留下咋办？小孩子的问题为什么这么多。我知道，我必须谨慎地回答，涉及长大以后的行为准则。有一句我最后没拿准，但我还是说了：

这些小紫花不是人工栽的，一年一枯一荣，没事，摘吧……我的话她也没听懂全部，可能是这个孩子太敏锐，她觉出了我语气的某种不坚定，采是采了，采得不很多。我抬头时，见右前侧是一个又宽又大的石砬子，像个独立的小山包，便灵机一动，说，前面这个小山包，你敢爬上去吗？她说，敢，我敢呀！她低头看了看裤子和鞋，裤子还真不错，膝盖囊大，裤脚往回收。她说是妈妈特意给她换的。我说，为啥。她说，我妈说跟你大姨上山，指不定要你干啥，穿得宽松些好……我嘿嘿笑几声，她也哈哈笑起来。

“嘿嘿……”

“哈哈……”

有几分得意有几分挑战的意味。

“咋样，乐和不？”

“乐和啊。”她竟然嚷着往前跑，“哎，大姨，你不上班行吗？”

“干吗？”

“咱们俩玩呀……”

未名跑在前面，我跟在后面。

到石砬山包前，我打量了一下前后左右，滚落下来，没有太大风险。我说，未名，坐下，脱鞋，脱袜子，抖落干净小碎沙子什么的，重新穿，把鞋带系紧。我做什么她做什么，而后，我又帮她重新整理了鞋带。我说，爬山，只盯着前面一步远，不看左看右，不要抬起脑袋看太远的地方，那样容易滚砬子。她说，什么叫滚砬子？我说，就是滚落下去。

哈哈哈哈……

她的笑声让我浑身放松。我从手机中找了一下各种急救处的电话号码，还给我那位手脚快的弟弟打了电话，问他在哪，告诉他我在哪，如果我有事希望他以最快速度赶来。我转过头时，这未名都趴在石头上面了。我在未名后面，我们俩向上爬时呈“之”字形，我的左手掌五个指头撑开，托着她的屁股，尽力不说话不发声。爬到一半时，我的右脚蹬空了一下，往后哧溜了一下，未名回头。

“脸趴在石面上，别动!”我轻声说。

我稳住神，赶上一步，让她的右脚踩在我的右肩上。这细小动作的连接没有声音，没有命令。爱是无声的，爱是默契的，爱是和谐的。未名那个小脑袋知道我这个大脑袋里想的什么。那提着心的小小的一段爬山路程，未名把爱印在我的心里，我把爱留在她不知什么时候的颠簸中。

我没有问她害怕了没，直到我们从石砬子小山爬下来重新坐在地上，我也没问。有些东西不必加固，让她觉得生活中的每一步都是自然而然的事。

我挪了挪屁股，离开了未名，我把水瓶给她。我想一个人静一静。多少有点后怕，心脏有点揪得慌，后悔倒没有。未名突然靠近我，

“害怕了?”

“有一点点……”

听我这么说，未名把刚才采的小紫花一下扔得老远。她说，不带花下山，守门人就不罚款了……

“不怕，不怕……”

这个未名把我当作小宝宝，拍我的背挨我的脸。

“不怕喽，有未名什么也不怕喽!”

我们喝够了水，接着走水泥路往上爬山。我问她，《老子》背诵几遍了?她说前30章五遍，后51章四遍喽……

提心吊胆的不安宁一扫而光。成就感、幸福感油然而生。我想，未名的将来是幸福的。

几乎每次玩耍之后，我的教学进度都能提升一大块。记得，她出生六个月会喊的头一个字是“道”，不是“妈”，为此，我也很得意。对于未名的教育，我还是懂得分寸、懂得见缝插针的。每次来爬这红紫色的山，我都改玩法，带不一样的礼物给她。上坡时绝不提半句与学习有关的话；下坡过一段路时，在无意引发她的什么念头时再说一句。这次，未名说，背完《老子》，还背啥？我说你还想背吗？她说，想背。我说长大了要身体好，一辈子不受罪，自己了解自己的身体，自己给自己治病……

“自己给自己治病？那我学医生，给你治病……”

我笑了，她也笑了。我说，那你背背《黄帝内经》吧！

“行，行，行呀……”

她一路往下跑着笑着，不知什么时候，我的得意感潜滋暗长。

四

我会把很多东西自然而然地藏在应该藏的地方，只有一件，没有藏明白。因为得意，因为我对未来的预估以及我没见过的奇迹，而这奇迹与我有关。她背过《老子》《论语》《黄帝内经》……十来本，《红楼梦》也背了二十章，课外阅读丛书已经不是单本买单本送，而是成箱地买成箱地送。她常常提前打招呼告诉我没有书了……

对未名，我常常怀着感激之心，感激她这样信任我。当我看见她美丽的眼睛上架了一副眼镜的时候，我的心被碰疼了。天生丽质，那是上苍赐的，不得以任何理由剥夺削损。我错了，但我没说。她上初三那年，我们又一次去爬山，上山时侃大山，哲学、文学、历史什么都胡扯，未名还喜欢侃几句法律。当然，看她的状态当个律师应该不错，但我从不往这上面引导。我知道，庭审阶段能保证漂亮，可是，胜诉率问题，堂前，还有堂后……唉，一个女孩子家，只能适可而止，不必让人在根本无须知道黑暗的时候多知道一点点，到时候就自然撞上了。我有意无意地扯几句男生女生的事，她便拍拍我的后背说，嘿，哥们，甭绕圈子了，排不上那事，也看不上谁。她说，哥们，你到底也谈几句这个了，你说你也不想想，那一堆一堆的书呀，学校老师的书，学校外你这个不是老师的老师的书，除了必要的睡觉时间，你说呢，哥们？我笑笑说，该死该死……

东南西北聊得很愉快！自己栽树自己在荫下走，不错！自己培养的孩子做了自己的朋友，惬意。现在想起来，那次瞎侃很开心，但我没想到，那竟是她陪我的最后一次爬山！那次，我被识破！未名是个大姑娘了。往下坡转的时候，我按着事先掌握好的分寸、路程距离的远近，我还是开嗓了。我说，未名，有两句提醒一下，关于……

“嘿嘿，哥们下坡路到了，该谈正题了……”

我的一根神经被触碰到了，我的脸应该是涨红了……

寓教于乐有错吗？没错没错哦！可是，未名的感情，我陪未名登山，也是未名陪我登山，我们之间有着很深的感情，她是工具吗？我没想到这么快被识破，这儿，刺痛了她最敏感的情意，我明白，我说不清……

我不再言语，一个人往前走……

我不能说对不起，我没有对不起！可是，确实对不起！

未名哈哈地笑着追上我，拍了两下我的左肩膀：

“没事呀，嘿嘿，哥们！”

两滴眼泪被憋回去了，我们便一起对着大山喊，

“啊——”

一首如小说一样的长诗

一

不知什么时候开始，
总是喜欢听歌，
而且心里画出没有什么流派的画作，
俨然成了一位画家。
病态地在梦中保存的总是那颗绿色的星，
总是想和我，不，我和它交流的永恒，
我无法躲在门后和它藏猫猫的时候，
它就漂流于心中，变成一颗黑色的星。

其实，不是星。
是钢琴上的黑键，是悬浮在空中的歌声。

是一种极度的陌生，
是一种让人心生怯意又不断向梦逼近的歌声。
隐秘于山坳弹跳于丛林的几乎像塞壬的歌声的歌声。

循着歌声，
我向一座高楼走去。
离最后一个台阶近了的时候，
我抬起了头，
一个穿着白粗布衬衫的男孩在那微笑，
他的笑像前衣襟的疙瘩扣一样古朴。
“在等我？”
我望着他，
他用微笑与我交流，
我竟忘了所往，
随他走到屋子里去。
在很多陌生的面孔前，
我拉起了他的手，
说，我认识他，
他倚在我身边向大家微笑，
眼睛指着我说，我认识她！
陌生是真正的熟悉。
后来，
他到另一个房间去，
把他的小面包送给我吃。
在一个陌生的时空里，
温柔如一只会唱歌的鸟用空气拥抱。

二

那个夜晚，
当我熄灭灯准备睡去独享一份惬意的时候，
我听到了歌声。
我认出了歌声，
我认出了记忆，
我想拉起他的手走到那间屋子的时候，
满屋子传出了一片歌声，
甜美的歌声点缀着恬静的没有入睡的梦。
梦里，幻出的是前衣襟上的疙瘩扣。
灯火长明的夜，
不受打扰的兴奋，
歌声中，我辨出了我早已失去的世界。
我想找到那件白衬衫，
我想找到那些疙瘩扣，
甚至，我想造访那个打疙瘩扣的人，
甚至，我去林子里找来那只悠闲的小鹿，
在这未开垦的草地上，
拥在一起，跳在一起，唱在一起……
这陌生的熟悉，
这没有旋律的歌声，
唱得灯火长明，
歌声不停。
这个夜晚，

我听到了很多歌声，
也许，歌声触碰了欢愉，
但，我听出了那陌生的熟悉、熟悉的陌生，
只有那个疙瘩扣呀，
不是塞壬的歌声。

三

歌声醉了不夜城，
因为陌生。
世界让人陌生，
陌生把世界悬在一片林子里。
快走出林子的时候，
我看见了那位会打疙瘩扣的父亲，
还有父亲的叔叔的儿子，
我的叔叔。
父亲在篝火上烤肉，
叔叔举着一块烤好的鹿肉在扭屁股，
我也得到了一块烤好的鹿肉。
好像又来了好多人，
每人手里都举着一块鹿肉，
围着篝火扭屁股，
嚼着鹿肉唱歌，
吸引着我的躁动，
挑战着我的克制。
我不能说假话，

穿过林子，
穿过了许多枯燥的日子，
现在又用假笑记录着枯燥的日子。
这歌声想抹去生活的瑕疵，
到最后才发现，
那个躲到密林深处抛开烤肉的我父亲叔叔的儿子，
那个看上去沉默也许内心很风流的我的叔叔，
抱着黑杨树大声哭号的样子十分潇洒。

不知什么时候，
人们学会用歌声表达心曲；
不知什么时候，
人们放下好不容易得到的自由和自主权，
让不是自己的自己替自己说话，替自己表达，
让那些被人表达了好多遍的语言传输个性诉求。
忍不住问一句，妾身何在？
姓名，赶紧认领！
怯懦，不必，
黑色的云吓坏了谁？
用自己的唇再加上自己的心，
哪怕表达的是粗鲁的话，
也是有温度的。

可是，听到的歌声依然很温柔，
依然挑战着你的克制……
这个让歌声点亮的不夜城哦……

怎么又想起

一

鸟在头顶上飞过。

我也飞起来。

“报告!”

“进来。”

进来的是鼻翼上带了土星儿的十岁的男孩。

“怎么晚了?”

“老师，肚子疼!”

我憋着，没笑出来，转过一张很凶的脸。我大声说:

“靠墙，站着!”

他就那样站着，少了点理直气壮的劲儿。

“报告!”

“进来！嗯，又一个，怎么迟到了？”

“老师，我肚子疼。”

“哗，哗——”

教室里哄堂大笑。

“报告！”

“进来！”

报告，进来！报告，进来……

“哗哗——”

干脆，敞开门，盯住门口，省去“进来”。

外面，秋阳正暖，庄稼人们忙着收白菜卖白菜呀……

“报，报告——”

气喘吁吁的小屁孩边喊边闯进教室。

“董明实，肚子疼刚吃完药来晚了，对不？”

“老师，老师……”

看他上气不接下气的可怜样儿，我险些笑出声来。

“老师，老师，我没肚子疼，我王爷爷开大汽车来了，他的汽车新买的，可漂亮了！我怕他装菜就走，我让他拉我去兜风。老师，你知道不，就上次咱们几个去的二道井子，我们都到了。对，就那次你请我们吃烤肉的地方。不是，不是，就是那次挖苣荬菜的地方，你看，老师——”

董明实举着一团苣荬菜朝讲台走……

“哗——”

“行了，行了……”

荆条，不，一根教鞭举起来，敲得黑板一阵躁响。

“回，回，回座！”

教室里不再有人笑。

“董明实，回来!”

小屁孩，今天穿的白衫是新的，家织布，钉了疙瘩扣，入眼，朴质也洋气，不，更洋气！如果不是课堂，我会抱起他，举过头……

他的脚尖顶在讲台边儿了，望着我时眼泪汪汪的，连连说，老师，我错了，下次不犯，下次不迟到，下次不迟到！

我把新买的钥匙链拍到他手上，眼睛送他回到座位上……

怎么又想起？

那个穿着钉了疙瘩扣白衬衫的傻里傻气的小屁孩儿，总是惹出我的眼泪……

二

我夹着教案上楼去，迎面见两个中年男子急匆匆下楼。他们拎了锤子、锯、钳子等一些家伙什。我想问点什么，没问，只是盯着他们，听着咚咚的脚步声，他们下楼去了。

上楼来，见走廊南侧墙有被重新刷过的格外清白湿白的痕迹，被那两个人修整过。

我刚刚站在讲台上，杨华岚就走到前面，

老师，我弄出窟窿的墙洞洞修上了。我爸说，里面的龙骨有的不行了。我爸说，暑假时，他来通通换一换，修一修。我爸说……

我想说，不用啊，我想说，学校会来修，我想说，谢谢……可我什么也没说，只是笑笑送他回座位。

现在，杨华岚是一个大学的讲师，教创意儿童画。他竟还研究《易经》。有一天，他突然打电话告诉我，说，老师你手上的事不成。我说怎么会不成。他说，老师，除非你的磁场太强，不然，真的不成。这个孩子，不，这个年轻人，很诚。我信了。什么灵性不灵性，什么美不美、艺术不艺术，诚，真，永远像水一样，像山溪流水一样，就没办法没有灵性。

听说他去了美国，很长一段时间没有消息了，今天，怎么又想起他了？

三

宿命，你信吗？我信了，没办法不信哦！

因果，你信吗？我信了，说到这儿，心脏疼。

越发地觉得，总得信点啥，是不？

你熟悉那座最早的人民公园吧，虽然已被很多后起的公园遮掩，人们已经很少去那老旧的公共场所了，但我还常常记起常常去。那里有个滑旱冰的地方，应该是这座城市最早的旱冰场，窄小逼仄，周围那不连续的几垛矮矮的水泥墙也让人不敢说起，寒酸是有的。说来那是我生命里有痕迹的最高贵的土壤。彼时彼事是经得起鸟丈量天空经得起大师丈量人性的。怎么又犯了老毛病，开了话匣，没完没了，说些苍白的话敞开议论的门窗吗……

应该不是。

是怀念，我开始怀念，怀念那时的我。

旱冰场上没人。

我拉着司小棋的手，看着他穿上我租来的旱冰鞋，将鞋带子左右前后绕缠绑牢，又让他站起跺两脚，没事。至于摔倒，那是肯定的，不会出事，不必担心出事了被赖上……其实，当时，连这个也没想。

“你自己练习着站，练习着滑，什么时候会了，滑够了，咱们走……”

我让他扶着我的胳膊把一根冰棍吃下去。

我指了指边上的一棵大杨树：

“我在那儿等你，我看着你，别怕……”

司小棋嗯了一声，龇出很大的两颗前门牙。

“这孩子!”

我在心里说。

我打开带在身边的书，倚着杨树根干，把头发往耳后捋了捋。后来，我将滑旱冰的司小棋忘了，他摔没摔跟头，我也忘了。一口气，我看了八十一页书，揉了揉酸涩的眼睛，抬头看他时，他也在看我，他正解开旱冰鞋的带子。

他举手擦汗看我时，我还是盯着他的两颗大大的前门牙，心里一遍一遍地叹息着：

“这孩子，唉，这孩子……”

对他，我没问几句，摔哪了，疼不疼。他也没说谢谢老师。那时的他不会说谢的话，那时的我不会有什么铺排渲染。我们吃了一个老式面包，便去还旱冰鞋，便去公园门口等他蹬三轮车的爸爸。告别时，他的爸爸说谢谢时脸是红的。

“这孩子，头一次玩这旱冰，给老师添麻烦了……”

课堂上，他的作文本里、日记里，我知道了他的很多头一次，甚至没有的头一次，我猜出了他可能有的窘迫和来日可能有的卑微。为什么要那样想那样做，或者我也早已忘怀。

飘雪时，寒风也很凛冽。不知因为什么，那个寒假的教室里，小小的砖瓦平房屋，怎么坐了那么多的学生，走廊里也有人坐，有几个迟来的人要走到后面去真麻烦，这种情况一连好多次。每每这时，我总看到司小棋，他总是举起一把堵在走廊的木椅，把低了头吃力往后走的同学疏导进去，然后他略低头弯腰走到前面，把被风吹开的门关严关好。他回走时，我总看到他的微笑，尤其那两颗白亮的前门牙，齿间流出的笑意抵住了从外面吹进来的雪沫和冷风。

后来，这个司小棋念大学考研究生了，倒没有什么更多的联系。可是，后来的后来，他竟然做了我的助手。十几年过去了，我奇怪地发现，上苍替我克隆了一个我自己，傻傻的，一根筋，做着我最希望、我最盼望做到的最好的事。

宿命，因果，硬是以这样的方式让我在不同的角落——在书上在生活中看到自己，看到人类。我不知道是怎样被网络到一个我压根不想认知的领域里。

四

我快要走完最后一个台阶时，不由得停住了脚步。

一个极瘦小、脸蛋泛着红晕的孩子用眼睛迎着我。

“在哪儿见过？什么时候见过？”

我竟然随他进了他的教室，他的老师告诉我他叫白相龙。他和我站在一排课桌前，他拉起了我的手。我说，我认识他，他快速跑回他的座位，我去拉他教室的门把手往外走的时候，他紧跑了几步把一个小小的面包塞到了我的手里……

也许，几百年几千年前你和什么人什么别的生命就有了缘分。

也许，在这世上，应该信点什么？

沙山上的梦

白昼到达，
还是夜里梦中所见？
伏在鸣沙山的石碑上，
像是狐的呜咽，
让我闻到了远古的气息。

沙漠的峰巅有一年轻的京剧武生弄棒，
还有枣红色的骆驼在跋涉。
狂风，
旋风，
沙漠卷起黄色的海潮，
隐约间还看见棕榈映衬的房间。
我被连根拔起，

卷在滚滚黄沙中，
梦未醒，
固执地想着的词语：
绿色，
八天，
玫瑰，
复活，
永远不死……

梦越发深沉，
醒过来，
又睡去。
蜷缩在摇篮里的我，
笑吟吟的，
不知有多少快活……
今天，
洛阳神州牡丹园开园的日子，
黄沙之舟载我参加盛会。
这一次，
动京城的是我这只绿色的玫瑰，
而且是永远不死的那朵，
永远不死的玫瑰。

我在梦中，
真的，
我在不醒的梦中。

我的四肢被扯裂，
没有疼痛，
不可测度的惊喜，
我知道，
我无法领悟。
我重新被埋在万丈黄沙之下，
现在，
我不是那朵绿色玫瑰，
我不知明年的洛阳牡丹节，
我还能不能去参加节日盛会，
能不能看见那个用昂贵的手段去购买绿色玫瑰的人，
能不能还让我为那喝了一缸神酒醉卧牡丹园的人悬心。

我睡在鸣沙山的下面，
我被深深地埋在黄沙下面。
梦越发深沉，
我没听到鸣沙山动心田的千万种乐器和弦的乐曲，
我只是感到背骨的僵硬和四肢的抽搐，
我由冬日的松枝构成粗糙卷曲的菊花状，
在鸣沙山上酣眠。
我不知哪一天重新复活。

棕榈移动枝条，
在没有完全麻木前记录了一个震撼，
西天边的云送来了温柔和情意，
淅淅沥沥，

雨声。
娇俏的雨点落在棕榈环绕的月牙泉上，
雨丝掀开我的眼帘。
我看见，
蓝色的月牙泉变成微绿，
像是酣睡中的少女，
做着柔软的梦。

雨点密集，
雨，
构成了声音。
太虚朦胧混沌，
霓裳羽衣是我在想象里披在身上的，
我在雷声中发出兴奋的呼喊，
我的指甲和血脉都在通知我的躯体：
复活！
变绿！
温度，
湿度，
让我重温绿色玫瑰的旧梦，
摆在我面前的，
是武则天用过的那面铜镜。

几幅图画

一

有个学画的人在写生。

球场上，两个男士，一个穿灰蓝色运动装，一个穿艳黄色运动装。

另一幅，一男一女，男的五十多岁，女的，猛然间的印象三十八九岁，翘起的马尾辫束着灰色发绳，跑着捡球的动作青春范儿十足。

网络上见到另一幅画面。

转动的机器，又粗又长的缆绳被撑紧，还有淡淡的远山和似有似无的罩在山头的云雾。

饭局。

打球的男士，还有两位身份气质接近的男士。在他们对面坐了一位似听非听人说话的沉默的女人。

二

一家南方菜菜馆。

我由请客方变为被请一方，没有惬意，更没有得意，只有舒服和自然自在的感觉。应该是我喜欢的感觉。

席间推杯换盏也自然，那位把杯子举得略高一点的就是画上那个打球的穿蓝色运动装的杨总，他是宴席的东家。听祝酒词，他应该是备过课的。如果你把心思渗进去，可以把他当作指挥棒看。他很自然地扯到《红楼梦》里的“世事洞明皆学问”一类的话，我知道我备好的一份不是礼物的礼物应该有用，啥时候拿出来，再观动静。对于我来说，这就像踏进幼稚园应该听老师的话、按老师说的做，老师让干啥干啥。

觥筹交错时，杨总还引用了几句《易经》。那个被称呼李总的年轻些的站了起来，说感谢杨总，四十万的一单生意签了合同……

“其实，我这点雕虫小技受教于这位大作家，要谢就一起谢过这位启蒙老师吧！”

全桌四人碰杯致意之后，我便把自己认同的新书作为礼物敬送。杨总、李总，还有那位寡言的乔厂长举着书自是一番盛赞，只许听，不必去辨真伪。坐到这儿，伸大拇指了，便是要要到游戏高潮了。

人总会有进步，进入新圈子就会有进步，我自觉今日我坐相的自然就是进步，我丢掉自己的执念就是进步，就是对世界的接纳。有啥不可接纳的，一朋友挖苦得对，你内心世界再庞大再多彩，难道你还能抛弃这个世界吗？哈哈，想抛弃不想抛弃也没用，已然浸在这个世界里，什么污浊不污浊，你污浊还是他污浊，说不清，说清了也没用。

我的嘴这时就张开了。

“各位老总，学生我要请教一下，你们愿意办一份对你们有用的文学杂志吗？”

杨总一愣，乔厂长脸上挂着欣慰的笑。

他说，说到我们办杂志，我知道，彦老师不为取笑我们，我们这些大老粗，睡觉做梦都想钱的人，倒不问不管所做为何事，只要有钱赚就行。

“当然，当然！”

我说，那么乔厂长认为什么样的杂志能赚到钱呢？他说，那肯定是能够给人带来意义、带来价值的杂志。我说，那老总们认为何为意义、何为价值？他们你一嘴我一嘴地说，启动大脑袋、生出新思路新思维、传递各种信息、互补互相提精神。他们看我不停地往本上记着什么，几个人同时陷入沉默。

杨总最机智，当然他有意帮我也并不有意制造谎言地说，我参与，如果真管用，我要一两百份杂志，给员工提高素质也算培训。李总、乔厂长很乖，应该把我当成事前营销了，都说了要杂志的话，一拢千本杂志是够了。我连连摆手说，我当不了营销员，我是招募和我一起办杂志并且能把杂志办好的人。

“如果不戏言，几位老总写些散碎文字给我，写你们想赚钱的真话和赚到钱的故事……”

我说，哪天我做东，咱们一起讨论一起拍板，如果认同，咱们这一板块为“赚钱栏目”，辟出“献计献策”一栏呼唤智慧。咱们秋后算账，按杂志文章字数共担亏赢。

几个老总还拍了一下巴掌。

酒席散时，乔厂长跟杨总打招呼约我去山姆咖啡馆喝咖啡，说聘请我去他们公司任职，年薪四十万，如果利润上来，北京通化别墅区建成，以成本价给一套四百平到五百平的别墅。关于别墅的话题挑战了我的念头，但我想都没想，起身举拳作揖。

“秀才纸上功，不能从命……”

如果说我要了花腔，告别时，我连连说，咱们同舟共济先办一期杂志，有用于他人有利于自己。

“承蒙不弃！”

不知他从哪里得知了我的微信昵称，握手时叫了一声“二弟”。就这样，我迈出实验组稿组人的第一步，小说人物库里，也多了几个生面孔。这便是生活，也算做事。有章有法无章无法地留作谈资，让人说笑也让活着的死人假人少些寂寞……

三

已经很久没这么注视月亮享受月光了，绿黄相间的窗帘依着两边窗框点缀着天空，陪伴着月亮。

我咀嚼着《未央》杂志主编的话。她说，作为滋润人类精神的文学应该了解人类，抚慰人类的心灵。

“我们总是过于渴望未来，这让我们染上了心怀期待的恶习。”(菲利普·拉金)

是哦，我渴望，也期待。我下定决心请《未央》主编郎朗答应我的请求，为我这一期增刊做一次编审监制。我们的说辞和想法的距离正在缩短，想好事好事就来了。

我不知道我能不能最大限度地与质朴而有感觉的作品谋面。我知道，现在的情况形成的是悖论，一方面是写作者渴望发表作品而心无着落，一方面是想推出好杂志的编辑苦于碰不到好作品。

灵感有时闪烁，我觉童稚之心会让人得到救赎。我又想起了一幅画面，极民间的一次作者作品朗诵会，让我听到了这样的诗歌："即使熬过寒冷和寂寞，也不一定能在泰山顶上用手接住太阳。""也许我们不该赋予生活以带色彩的意义，也许我们不该不必把生活描摹成诗的王国……我们辜负了生活，美化了自己……"

我挤进去寻找一个座位，听那么多读者和作者在共同朗读。脑子一瞬间开了窍，网上网下，我搜寻诗人作家，闲扯闲聊，听他们说所读过的书，听他们流露生活的苦乐，锁定他们偶然的一句出彩的话，知道他们求生存的状态，最后我收集到他们的作品……我知道，我听到了心灵的声音，有幸，还为这期独揽的增刊逮住了文字编辑。

沉睡的土地，新鲜的草芽，还有茁壮枝苗。

又遇合到一个板块。

创作，创造！写作人笔下的前无古人后无来者自然美艳，做杂志是一件不同凡响的事，以创新创造的姿态，一定为人心灵的翻动找到了出口……

四

我们大家去开增刊总结会时大吃一惊，会场上坐了黑压压一片，有被请的相关作家读者，有不请自到的各方人士，有五花八门的经营者和企业家……

这一期增刊总结会由杨总主持报告：

发行三万册，刊物纯盈利七万元；八家企业因互通信息所产生的经济效益高达三十几万。

杨总说希望能不定期承揽这家或其他一家杂志。

我当场笑出了声。

我多次从梦中笑醒。

在东营

一座伸入白鹳湖的栈桥上，我站在这里，此刻，只有我自己。

晚霞铺在我背上的色彩应该比在湖面上的更斑斓。

翅碱蓬红得让人心疼，我突然想，那是隐儿心脏疼痛时流出来的血染红的。想念，想她。想念的滋味，当年隐儿无数次对我说的疼痛，我明白了。

想念。

我想放开喉咙，大声喊她。我喊不出来，我不敢喊，我怕她听到并且看到我喊她时的样子。我知道我不粗俗，可是我太知道她是那样地鄙视鄙陋，不，是憎恨……

我看着左前方的那片如烟的芦苇，还有从芦苇里走出来的那只白天鹅，还有那几只丹顶鹤。我固执地以为，她在芦苇荡里，一会儿，她也会出来，她出来时会看见我，她会喊我吗？不会，不是不敢喊，而是她不愿意当着我的面唱羞涩的歌赋。这歌赋我还没有完全把她教会，我就离开她到那边去了。我自己都说不清我是怎么从老牛湾一路陪伴来到黄河终端东营，却没有在东营走进洞房。她离世的时候，我只记住了夜莺的歌唱，我知道那是隐儿唱给我的歌。

扑楞楞地，两只天鹅携翅起飞，向前伸直的脖子十分优雅，上下翻飞时像是白色的旋涡。此时，隐儿在，此刻，隐儿也站在栈桥上，她会失真地喊出两个字——唯美。我知道，她赞美我总是用这两个字，但是我多么想让她不说这两个字，而是投进我的怀抱把脸深埋在我的臂间。但我知道，即使羞红了脸，也不会有那种情状。她怕溢出来的是我眼睛里写出的浅薄。现在想起来，是我杀死了她，躲开刑律问题，是我杀死了她的精神自我。

现在，我才明白她的涅槃，也明白了我的重生。

重生的我为什么又来东营？来寻隐儿，我想象我应该以我所有的男子气概抱一抱她。她把一个女人该有的角色都给了我，只有女人本身这个角色没来得及给予我。我心里明白，我不能像她希望的那样，用那种极尊贵极典雅的方式把一个男人的豪迈、男人的粗犷、男人的风流表达出来。我明白，我知道，我太懦弱，我怕……隐儿太敏感太浪漫，太宽容又太苛刻了。她经常在她的梦里看见我的梦，她常因她在梦里看到的再加上几分臆想的幡然改变，把羞涩的歌赋变成不尽的幽怨。她吃了委屈。确实，我让她吃过太多的委屈，常常是因为不懂得或者说无法懂得，还有我被她看出来的或者说误判的傲娇。她为何那样忌恨傲娇呀！在我的感觉里，她好像最容不下的是浅薄——男人的浅薄，她把傲娇和浅薄当作一回事。

假如，两世相见，她还能看出我的傲娇吗？应该不会。这一次，我有了足够的准备。如果能够相见，我能做的是：和她背对背相依相支撑，让夕阳透彻地萦绕着，听着她大哭，一直听她哭，我会屏住呼吸，不阻断她些微的震颤，让她把三百年的委屈哭出来。她有委屈，我知道，九曲十八弯，有黄河给的，有我给的。本来，遇见这个叫罗文的人，遇见我，她认为可以得救，可以彻底砸碎旧的精神自我，找得一个能唱羞涩歌赋的地方。没想到我负了她。现在，我才明白，并且确认，我负了她。那时，“梦太浅，壳里没有可雕琢的石子”。

白鹳湖面上有奇迹，白鹳母亲正在叼开幼鸟壳上最后一口。我的手机闪动一下，赶紧去看微信。

惶悚。

转过脸去，我泪流满面。

隐儿还在，她在东营。

她怎么知道我在东营。

她发微信给我，是她以前的诗作：

有位诗人曾许诺我一天时间。
如今，我在遥远的东营，
反复体会和理解着一面破碎的镜子里变形的痛苦和悲哀。
又遐想着可能展演着的欢乐时光和因此而生成的故事。
（不能盼望着什么人讲出更好的一千零一夜的故事，
因为故事可以不断地改写）
我想着预先确定的空间，
和那一天时间里失重的宇宙史。
我还把那不曾付诸行动的细节重温了若干遍，
脚往沙漠里踩又从沙漠里往外拔时身体歪斜倒在他的怀里，
他顺势揽住了火焰，
把白天当成了黑夜，

尝尽了神仙的温柔和美妙。
如果那一天被他那样布置了，
无非是多了一次人们都习以为常的拟制回忆。
现在它却是无限的流动的永恒的，
不受任何评说判言的美。
它以某种情状流水一般循环往复地存在，
像画卷共存到永远。

东营，自然保护区里只有鸟鸣。

关于翅碱蓬，关于湿地滩涂的各种画卷，关于晚霞和朝霞的相依相融，让我一次又一次地泪流满面。

想念，越发地想念。

手开始抖颤，编辑微信的手抖得厉害。

微信一条也没发出！

想念，只有想念！隐儿，疼痛，你明白吗？此时，此刻，只有相见。

我准备走下栈桥，去那几只白鹤灰鹤们依存的芦苇荡里去，那阴昏烟霭一般的芦苇荡，我竟忍不住想大声地喊她——隐儿！依然没有喊出来。突然间，我明白，我没有给我们彼此呼喊呼应演练的机会，时空留下的只有来自宇宙间神仙的曲谱，隐儿她还没有活成为人。离开人世间三十年后重又回东营，是来自我心灵空间来自生命深处的应答。我确信，隐儿还在。

匆促感是否使我失态，顾不得这一层。奔下天桥最后一级时，跟聂天梓撞了一个满怀："罗文！"

"天梓！"

我终于哭出声。

我和天梓在一家咖啡馆坐定时，天梓望着我的眼睛时，我看见他那酒红色的重磅真丝西服如那年给我做伴郎时一样。眼泪再次充盈时，天梓打开手机，把一段视频发给我。他说，一年前，隐儿约他见面时也在这家咖啡馆，她说罗文竟然真的走了。她说，罗文走前发微信，说了生无可恋的话。她还说，她和罗文相像的地方太多了，比如自爱，比如泪目，比如寂然……她尤其说你对她的包容，你竟没有一次向她埋怨过她因为幽怨而对你的伤害，她说你那默默神情、默默的沉入骨髓用智慧塑造起来的姿态描绘了对一个女人的眷爱……她说，应该是她唱不好羞涩的歌赋而负了你……

下面的话，罗文没有听下去，他端着手机，像托着婴儿一样，像拥抱着真的初恋情人一样，滴着眼泪，听着隐儿的话：

“我是太过自信、太过自爱、精神含蓄、行为优柔、字母缺失的人；其实罗文是一个含蓄婉约而有男子气概的人，我们都是不会表达人话的人。”

罗文睁开眼时，发现自己躺在芦苇荡里。有一只丹顶鹤扭曲着脖颈讲述着梦里的故事。

我立在黄河入海口的碑石边。我在这里约见聂天梓。

十点约见，现在是七点五十。

我以为，在见到天梓之前我会见到隐儿，也许在这里我会产生幻觉，幻觉中一见也好。

转过脸东望，自然保护区的景致已经亦真亦幻。几只东方白鹳在水中觅食，丹顶鹤从水中起飞，“人”字形的队伍相携前行，渐行渐远，它们几乎飞在动态的地图上。“在水一方”，哼出声来，却没见那个被才气堆起来的女人的任何一丝图影，幻形幻影也不得见……我快收回目光的时候，短尾红翅的火烈鸟交颈嬉戏地跳进我的眼帘……

火烈鸟的合集摄取了我的魂魄。灵动的颈互相依偎着，两只鸟各立下一只腿，优雅地站立着。这独立高贵的鸟，有一只是隐儿。我几乎不相信有隐儿这样会写诗、活得像首诗一样的鸟。

天梓说，隐儿在东营。哪怕她不在东营，我宁愿相信天梓的话。但我几乎不确定我和她的相见。此刻，我心里一片惶恐，惶恐我和她相见时，哪个词会先从我的嘴里跑出来，甚至，我想对着火烈鸟喊隐儿，练一练我的喊声吗？因为这喊声一直住在我心里，一丝的失真都是对隐儿对我的羞涩的亵渎。我宁愿，就这样，隐儿确在东营，让我就这样揣着爱恋之歌一直找下去，让一个永远的通体芬芳的女人陪着我的灵魂。我不想毁她，尤其不要毁了我两世的爱恋。我没有能力让世上的尘埃永远远离这个几乎不可能存在的女人。我怕我的念头污浊了她。我总是被黑白虚实错位的念头折磨着。我知道，我很想念，我知道我存在于幻想中。

那些火烈鸟在变换姿势，好像什么人在那拍摄艺术片。那好像是一电影拍摄基地。记得天梓曾经说过，隐儿在一家传媒公司做过总经理。好巧哦，隐儿，隐儿在那里。对，那个站在一只颈红翅色花的火烈鸟前的人。

“隐儿，不可以，不能够拍合集，你不能与鸟合集……”

在我遗忘的感觉和遗憾的记忆里，别人不可以提她的名字甚至不可以想到世上有隐儿。

我跌跌撞撞跑向湿地的时候摔倒了，从泥沼里挣扎着坐起来的时候，应该是离那鲜丽的鸟们很近了。没有拍摄现场，没有隐儿，只有火烈鸟悠闲地踱步，还有它们或双双相依交颈合集，或群体变换着队形。我的心因幻想不禁战栗，我眼前满是火烈鸟的尾翅抖动出来的诗行：

叙事的真诚和可靠意味着，
透视存在着的黄河入海口。
和波涛翻滚的壮阔，
和月光下的迷蒙仰视，
和雕像的毁灭，
和有韵无韵的诗歌，
和玄虚真实的猜测推想。
如今，在这翅碱蓬红色的血泊中，
在缅怀和诘问中，
只有丹顶鹤曲颈幽鸣，
在遗忘的遗忘中辨识尘埃往事………

我被电话叫醒，来不及也没办法揩净身上的泥污。当我和天梓在“黄河入海口”几个大字面前见时，天梓吃惊地望着我，笑意里除了理解还有心疼。

在东营，此刻，只有天梓是我近便人。我低下头的一瞬，哭了。我只想大声喊出来：隐儿，你在哪呀？

和天梓往东营市内去的路上，有很多话想问天梓，都堵在喉咙里，说不出来。比如隐儿可能去哪了，她到底还在不在，你多久没见到她了……

甚至，我还想问，隐儿她像不像我这样想快些见到她般想见到我？不等这话出口，我就想起那天晚上天梓说话的意思，隐儿想念我，但她已不愿意见到我，她怕……

怕什么？

我的心翅砰砰地颤动了一下。我用我所有的声音对自己喊：隐儿，我永远认得出你，你通体芬芳，你永远都是在父亲书房里找东西的孩子。

我跟随天梓到了隐儿曾居住过的那栋房子跟前时，两腿的颤抖让天梓发现了。他轻轻握了我的左臂，我们相携上了步梯，开了六楼西侧的门。钥匙打开木门时，只见房内灰暗，还有尘土味道。这个不足五十平的房子里好像装满了东西。天梓说自从接了隐儿交给他钥匙在这间房一别之后，他这是第二次进来。

“天梓，隐儿她去哪儿了？告诉我吧！”

终于，我找到了该发问的话茬。

天梓说，隐儿辞去传媒公司高管的工作以后，她说她要去一个地方，可能时间很长，她说她会回来。

“罗文，这一点，你应该知道，独往独来是她的禀赋，她没有向别人交代自己行踪的习惯。她只对自己的灵魂负责。”

我清楚这一点，就像清楚自己的灵魂一样清楚。从前的岁月，因为这一点彼此欣赏灵魂依恋，也因为这一点彼此寂然泪目。她不止一次地责我傲娇说我不够风度。

记得有一回，她竟然坐在我身旁不让我插话，她一个人一口气说到天明，说我的不对说我的傲娇说不遵守诺言让她生气。她说的话有的确凿发生，有的是她臆想编故事写小说一样，让我听来有的是我那么想过，有的我连想都没有想过但却觉得都是真的似的。可是，我一回也没有解释也没有辨过真伪。她说累了，有几次，她就那样眼角带着泪枕着我的膝盖睡着了。我坐到天明，没觉出委屈，倒是感觉到了一小女人的可爱。我希望生活中的她永远这样的小女人。只可惜，她不是小女人。彼此相携的日子，我是依了她的。她的明事理几乎达到智慧的程度，她的温暖比示弱还让一个男人感到惬意，但她也常因为有原因有出处发无名之火，每每这时你会像听故事一样听她似责似斥地说上一连串的话。只有在那时，你才更感受到爱意。也确实，我听出她内心的委屈，她说我很霸道。其实，都不是，我对她不敢有一丝的霸道，她所说的又偏于真实。我总觉得我的梦都被她偷看去了，我总要说出一些话做出一些事，让她打心眼里感觉到我的梦更玄妙更深邃更璀璨，让几乎完美的这个美丽的女孩不知道天下还有罗文之外的男人。我这梦里装的这些乱七八糟的东西，她都历历数清，她是在遗忘之后又不愿忍受她认为她不该忍受的女人的委屈之后先我若干年涅槃一回的。

缘起——相似到极点的爱。

红色的雕版印出的因果。

那天，天梓请我吃晚饭。餐室是用原木围建成的，门前和左角落里用湿地的翅碱蓬点缀，餐桌只供两人享用那种，红色的餐桌的三分之一被红色幕布一样的装饰悬掩着，桌面上有一只约莫两寸高的刻有金字的方形蜡烛和一只略高一筹、略细一丝的圆形蜡烛，圆形烛火焰蹿动，屋内从各种缝隙里溢出京剧独奏曲……天梓疼爱胞妹自己的前身，天梓在成全我这个漂泊的两世孤独人。他在帮助我，和我一起，酝酿一场伟大的抒情。这一次，我没背过脸，泪流满面。我拉了天梓的手："你还是做我的伴郎，上一次没进成洞房，这一次没有新娘……"

天梓拍我的背，好像哭出了声。

出门时，我微笑了，连连说着谢天梓的话，还一个劲儿说河鱼味道纯荠菜馄饨鲜。其实，天梓明白这是我对他的宽慰，我并没有吃下什么。我谢绝了与天梓同行同住，虔诚又虔诚地申请要在隐儿陋室里独住一宿。天梓拍我的肩膀，表示同意，便把我送回那间有烟霭的小屋。

应该说，这里是可以过夜住上一宿的。我和天梓一起找到了行李，一应能存身过夜被褥枕头之类。送走天梓，我把一应之物安顿在无扶手的弹跳性能良好的灰粗线布面的沙发上，开始端详这个类似画室的房间，或者说以客厅为画室的大开间，建筑面积不算多但又显阔绰的房。只是灰尘味道很浓。

我的对面挂了一幅画，我徐徐起身，举起从餐馆带回的蜡烛，“只恐夜深花睡去，故烧高烛照红妆”吗？对着那幅米粉色花笺纸画，愉悦感让人忘了凄惶。心里也不再追究隐儿是何时学的绘画。只见左上角画了相对相望的两朵小黄花，竖写“咫尺天涯”四个字，左下方横书一诗：

天启寺
槛外。
有一个坐着的灵魂。
忧悒地一望，
泪写千行。
从遗忘的遗忘里，
看到两朵小黄花，凝眸。从没改变过距离、姿势和凝眸时的模样。
下雪了，
两朵小黄花努力地伸过手，
咫尺天涯间绘出一道曲线，
彼此的额上浸出一行字：
沥沥衷肠。

一时间，我不知这是哪里，我不知道从前的我都做了什么，一时间我似乎又明白了为什么会有眼前这一幕。

隐儿，你好像生下来就无法避开委屈。

隐儿，确定，我也让你吃过委屈。有时，虽然不是故意的，但我不该再傲娇，我让你吃了委屈，没办法……

我已明白，你以一个贤美的女子本性已学会唱羞涩的歌赋，因为你用了唯美的方式包容过表达过，你让自己活成了诗的模样。

我不再彷徨，也不再哀伤，这一次，无论如何，你不会见我。无论你是用何种方式苦忍自己，你也可能会选择不再相见。

隐儿，明天我会启程，我会出发，我已经知道此时你存在的地方。

隐儿，等我。

仿佛，窗外满是翅碱蓬，密密丛丛的翅碱蓬、淌血的翅碱篷、比红玫瑰还妖艳的翅碱蓬，收留下我夜的曲谱。

应该睡下，不误明天的班机。

在我的记忆中，这个夜晚是我两世以来最像夜晚的夜晚。浪漫无限扩大了这个空间，孤独空间让人暂时安放寂寞，让人活得像个国王那样没有规制，不用为通宵不眠而紧张。此时此刻，无昼无夜，可以忘记所有的所谓的苦，自由自在地像人应该活的那样，心寂如夜，心寂如花。

不知什么时候，应该凌晨三四点，我睡去。

我在甘肃。

我在月牙泉，不，在月牙泉那座类如宫殿一般的建筑物的西侧、沙洲下面，看到了一座新坟。赫赫“和羞冢”三个字，鲜红鲜红的颜色，惹眼。冢前一碑，写着“爱之墓”。冢被白纱幕罩住，纱幕上铺满了鲜花，色彩斑斓，玫瑰最妖艳。白色条幅像女人的披肩纷飞在“和羞冢”之上之侧，分别写着不同的文字：爱我者罗文，羞我者隐儿也；两涅槃三生有幸识得爱情面；玷污者自喻爱情亘古；昙花洁丽雅静刻下真爱的一瞬；真爱撼天地泣鬼神；失爱失生命失天下……围在“和羞冢”周围的是两个花篮，一个是罗文祭送，一个是隐儿自送。冢前有一诗赋刻于碑上：

荒岛上，
一个人构思着一首灵魂轮回的诗，
假想着什么人帮他推敲诗句：
关于深夜的独醒，
关于欢宴前的冥想，
关于无端的寂然和凝眸，
关于啃噬骨髓的假想和导论，
关于灰色神经的舞蹈。
剧目：爱情。

我知道，我在梦中。我看到了隐儿的梦。

梦里，我反复提醒自己，醒吧，别误了班机。

梦里，好像，我给天梓发了微信，提醒他别误了航班。

后来，我好像又睡了，我在梦中。

梦里，我一遍又一遍地翻汉语词典，不，隐儿一遍遍地翻汉语词典。帮助她，不，帮助我自己，挑选了一些词语，组成了一些句子：

关于苦，
关于痛，
关于哀伤，
关于孽幻，

关于轮回……

我把几句诗写在了隐儿的练习簿上：

自己把自己生下来，

自己把自己养大。

有时，自己跟自己谈恋爱。

我的眼睛里藏着很多遗忘的遗忘，

也装着很多不用努力记忆的记忆，

它们是一种人类的共识，

也是宇宙的图形，

虚实变幻交错，

足以耗尽千秋生命。